MASAYUKI NOBENO
延野正行
画 新堂アラタ
劣等職の最強賢者《れっとうしょくのさいきょうけんじゃ》
～底辺の【村人】から余裕で世界最強～

【超反応】
【防御弱体付与】
『ぐがぁぁぁあぁ
あぁあぁあああああぁ‼』
【硬度上昇】
【属性付与】
【鋭利】
【付与魔法上昇】
【物体加速】

狂人化
【脚力上昇】
【敏捷性上昇】
ラセル・シン・スターク
飽くなき強さを求めて
転生を繰り返した最強の【村人】
俺の全てが籠もった一撃は、
音だけを残し、サンダールの肉に噛みついた。
魔獣の血が盛大に噴き上がる。
血を浴びながらも、
俺の攻撃は一撃に留まらない。
さらにサンダールを斬っていく。
止まらない……。止まることはない。
十は百になり。百は千の刃へと変わる。
千刃《せんじん》の刃はやがて大きな光となった。

CONTENTS

THE STRONGEST WISEMAN OF AN INFERIOR JOB

ダッシュエックス文庫

劣等職の最強賢者

～底辺の【村人】から余裕で世界最強～

延野正行

プロローグ

PROLOGUE

賢者、幾度目かの転生を決意する

「【魔導士《ウィザード》】でもダメだったか……」

俺は顔を上げて、改めて周囲を見回した。
死屍累々《ししるいるい》たる有様だ。
その形は人間ではない。すべて異形《いぎょう》の姿。
彼らは魔族……。人間の天敵にして、異世界ガルベールの害悪だった。
俺の視界の半分以上を埋めていたのは、巨大な邪竜である。
魔族を統括《とうかつ》する王――つまりは魔王だ。
数多《あまた》の冒険者が挑み、敗れ、散った。
間違いなく世界最強の生物であっただろう。
しかし、今は、声なき骸《むくろ》になっている。

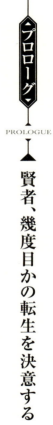

俺が倒した――。

一〇〇〇年以上、人間を苦しめてきた問題を、俺はとうとう終結させたのだ。

だが、そこに歓喜はない。深い深いため息には、絶望すら漂っていた。

自分の指先を見つめる。小さな赤い線が斜めに走っていた。

軽く力を入れると、じわりと血だまりが膨《ふく》らんでいく。

指を絡め取るように滴《しずく》が螺旋《らせん》を描くと、最後は手の甲を伝って地面に落ちた。

魔王が唯一、俺につけた傷痕だ。


しかし魔王を完封するほどの力を得ても、俺は納得していなかった。


俺はかつて【戦士《ウォーリア》】だった……。

【聖職者《クレリック》】でもあり、【鍛冶師《ブラックスミス》】でもあった。

【探索者《シーカー》】という時もあった。【学　者《プロフェッサー》】であった時も……。そして、今は【魔導士《ウィザード》】だ。

ガルベールに存在する六大職業魔法……。

俺はそのすべてを神から授かった転生魔法によって経験し、究極的に高めていった。

その膨大《ぼうだい》な知識と経験から『賢者』と呼ぶ者すらいた。

俺は驕《おご》らず、世界最強となるべく、転生を繰り返し続ける。


しかし、ダメだった。


どれだけの年月をかけ、魔法を鍛錬してもいずれ限界がやってくる。突出した魔法スキルには必ず弱点が存在し、対応した戦術を使えば、勝利することは容易《たやす》い。

問題は、六つの種類の魔法を一度の人生で手に入れられないことだ。

様々なことを試したが、その問題だけはどうしても解決することができなかった。


「今回もダメなのか……」


諦めかけたその時、声が俺の耳朶《じだ》に触れた。

死体に埋まった戦場で、どうやら生存者がいるらしい。

声が聞こえた方に歩いていくと、俺と同じ人間が倒れていた。もう息が絶えている。おそらく聞いたのは、小さな小さな――末期の叫びだったのだろう。

「こいつ、【村人】か……」


ガルベールの人口の半分を占《し》める唯一魔法が使えない職業——それが【村人】だ。

持たざる者。劣等職《マイナー》。世界を維持する役目を担《にな》う職業など、様々な呼び名で呼ばれている。

おそらく不幸にも戦《いくさ》に巻き込まれたのだろう。

弔《とむら》ってやるか。そう思い墓を掘ろうとした時、俺はあることに気づいた。


「【村人】にスキルポイントが付与されているだと？」


スキルポイントとは、魔物や魔族を倒した時に得られる経験点である。

ポイントを使用することによって、職業に応じた様々な魔法を得ることができる。

だが、魔法を持たない【村人】が、魔物を倒すのは不可能のはずだ。

おそらく偶然にも弱っていた魔族のトドメをさしてしまったのだろう。

ともかく俺は【村人】にスキルポイントが付与されていることに驚いていた。


「もしや……」

俺はその場にしゃがみ込み、【村人】を調べた。

ある事実に気づく。確かに【村人】は、魔力量が低く、身体的にも魔法に適さない。

その成長速度も、他の職業と比べれば雲泥《うんでい》の差である。

劣等職といわれるのも頷《うなず》ける。

しかし、決して魔法が使えないわけではない。

それどころか、場合によってはすべての魔法を習得できる万能職に化ける可能性があった。

つまり全魔法の習得ができる、ということだ。

それは俺が目指す頂点だった。

俺は弾かれるようにマントを翻《ひるがえ》す。

手を掲《かか》げ、魔法を起動した。


【転生】


煌《きら》びやかに俺の手から光が放たれ、視界が真っ白に染まった。

いずこから声が聞こえる。

それは俺に【転生】の魔法を伝えたもの。ガルベールの六大職業魔法の生みの親。

すなわち【神】だった。

『やあ、賢者……。また転生するのかい？』

「ああ……。まだ可能性があることに気づいたからな」

『君の実力は、もはや神であるぼくですら、太刀打《たちう》ちできないのだけど、それでもまだ強くなろうというのかい？』

「ご託はいい。さっさと俺を転生させろ」

『わかったよ。そう怒らないでくれ。ところで、ギフトはどうする？』

ギフトとは、ガルベールで英雄的行為を達成した者に贈られる奇跡だ。

今回でいえば、魔族の殲滅《せんめつ》が英雄的行為に当たる。

いくつか禁止されているものがあるようだが（例えば全魔法の習得）、たいていの願いは叶えられる。転生という特殊な魔法も、ギフトによって得ることができた。

「スキルポイントがほしい」

『いいよ。ただし１００００ポイントまでだね』

「もう少し寄越せ」

『……はは。スキルポイントというのは、意外とこれで望外な奇跡なんだよ』

まあ、それだけあれば、俺なら十分だろう。
【村人】の成長速度を考えればわずかだが、ないよりはマシだ。
魔法を使うことができれば、後はどうにでもなる。

「わかった。それでいい」
『じゃあ、良い転生ライフを……』

君が次に起こす奇跡を、楽しみにしているよ。

さらに白が濃くなる。
身体《からだ》が分解され、意識が視界の中心へと吸い込まれていく。
ゆっくりと感覚が失われ、やがてぷつりと俺の中で何かが途切れるのだった。

第1話

EPISODE 01

賢者、村人に転生する

お兄様……。


甘い声に俺は目を覚ました。

瞼《まぶた》を持ち上げると、一人の少女が立っている。

少女は何が面白いのかクスクスと笑っていた。

控えめに言っても、可愛《かわい》い少女だった。五、六歳といったところだろうか。

印象的な深い緑色の瞳に、真っ白な肌。唇は薄く上品だが、今は悪戯《いたずら》っぽい笑みを浮かべている。スッと腰付近まで伸びた金髪には艶《つや》があり、強い日差しを受けて、綺麗《きれい》な天使の輪が浮かんでいた。

華奢《きゃしゃ》で、まだまだ子どもではあるのだが、将来間違いなく美人になるだろう。

俺を兄と勘違いしているようだが、俺に妹がいたことはなかった。

「えっと……。君は誰だ？」


思い切って尋ねてみると、少女は一瞬驚いてからプッと噴き出した。

頬《ほお》を膨《ふく》らませて笑う姿が、また可愛い。

俺は反論するより先に顔を赤らめる。やがて少女は言った。


「お兄様ったら。まだ寝ぼけていらっしゃるのですね」

「いや、俺は……」

「シーラです。私はシーラ・シン・スターク」

「シーラ……シン…………」

「お兄様の妹です」

「妹……？」


シーラが嘘を吐いているように思えない。おそらく真実なのだろう。

だが、それが俺の混乱にいっそうの拍車をかけた。

待て。思い出せ。俺は【転生】の魔法を使った。なら、ここは転生した先なのだろうか。

それとも何者かの魔法による幻でも見せられているのだろうか。

「ラセルお兄様」

「ラセル？」

「そうです。お兄様の名前はラセル・シン・スターク」

「ラセル・シン・スターク……」

「はい。私の大好きなお兄様です」


そう言って、シーラは俺の方を向きながら後ろに下がっていく。


「お、おい。どこへ行くんだ？」

「王都です、お兄様」

「王都？」

「お待ちしています、お兄様。ずっと待ってますから、必ず来てください」

「ま、待て！　王都ってどこにあるんだ」


俺は手を伸ばす。

その瞬間、シーラを包んだのは黒い手だった。

その上品な口を押さえ、大きな瞳を隠し、綺麗な髪を引っ張る。

黒い手はシーラを闇の中に引きずり込もうとしていた。

妹は泣き叫びながら、「ラセルお兄様！」と連呼する。

俺も魔法を起動しようとしたが発現しない。魔力すら指先に集めることが出来なかった。

やがて闇がシーラを食らい尽くす。


「…………」


誰もいない闇の中で、俺はひどい虚無感に襲われる。

見ず知らずの少女だというのに、他人事《ひとごと》とはとても思えなかった。

心臓が高鳴り、無闇に身体が熱い。正体不明の強い使命感に襲われ、苦しかった。


『ラセル・シン・スターク……』


すると、今度俺の前に現れたのは、少年だった。

柔らかく薄い黒色の髪をなびかせ、深い青の瞳で俺を見つめている。

その目には生気がなく、じっと俺を睨《にら》んでいた。

『ぼくは君にこの身体を明け渡すことにする。ただお願いがある』

「願い？　待て！　お前は一体……」

『王都へ行って、シーラを助けてほしい。頼んだよ、新たなラセル』

そう言って、少年もまた闇に呑《の》まれる。

俺はそうさせないと、手を伸ばした。

◆◇◆◇◆

「待て!!」


ガバッと俺は起き上がった。

手を伸ばすが、俺の前にあったのは闇でも光でもない。

一面に広がる野原だった。優しい風が通り抜けていくと、草葉の匂《にお》いが鼻腔《びこう》をつく。戦場ではない日常の匂いを嗅《か》いだのは、一体いつぶりだろうか。

俺は大気に混じる魔力を敏感に感じ取る。

間違いなくガルベールの空気だった。

「どこだ、ここは？」


反射的に腰に手を伸ばすが、いつも下げていた魔法袋はどこにもない。

それどころか武器の一本も吊り下がっていなかった。

あるのは、小さく、貧相な身体だけである。

おそらく五、六歳ぐらいだろう。

近くを流れていた川面《かわも》に己の姿を映すと、現れたのは黒髪、青色の目の少年だ。

間違いない。あの夢で出会った少年だった。


「転生が、成功したのか……」


転生魔法にはタイムラグが存在する。

まだ脳機能が完全ではない赤ん坊の状態から生まれ変わるため、記憶と意識を取り戻すのにどうしても時間が必要なのだ。今、ようやくラセルの中に、俺の意識が芽生《めば》えたのだろう。

今までのラセル・シン・スタークの記憶と俺の意識が混ざり合った結果、あのような夢を見たのかもしれない。
おかげで、シーラという少女がいたという記憶はあるものの、認識と一致せず、何か他人事のように思えた。

『王都へ行って、シーラを助けてほしい……』

夢の中で聞いた言葉を反芻《はんすう》する。
これはかつてのラセル・シン・スタークとの約束などではない。すでに俺の心の中で、強い使命感となって植え付けられていた。おそらくラセルの強い残留思念が消えずに残っているのだ。心の中にしこりのようにあるそれを取り除くには、その約束を果たす必要がある。

「やれやれ……。何か厄介《やっかい》ごとを引き受けたような気がするな。俺はただ強くなりたいために転生しただけだというのに…………。あっ――」

そうだ、職業だ。シーラのことも心配だが、俺にとっては今――自分が何の『職業』にあるかということの方が問題だった。
精神を集中し、頭の中に刻まれた己のステータスを観測する。

珍しく手が震えた。どうやら緊張しているらしい。

名前　ラセル・シン・スターク
職業　村人
スキルポイント　10000ポイント
習得魔法　なし

「よし！」


職業【村人】。

ギフトの10000ポイントもきっちりと獲得《かくとく》している。

本音を言えば、もう少しもらいたいところだが、魔法が使えない【村人】が、スキルポイントを持つこと自体、異常だ。ある程度、戦力を整えることが出来れば、後は魔獣を倒し、己の力で手に入れればいいだろう。

俺は早速、スキルポイントを消費して、魔法を習得していった。

推測通り、【村人】に習得できる魔法の制限はない。

六大職業すべての魔法を習得することが出来るようになっていた。

「ふふふ……。目移りしそうだな」


しばらく俺はその場に座り、必要な魔法を習得する。

結局、初級の魔法全般。いくつかの中級魔法を習得した。

現状、レベルの高い魔法を習得しても、身体《からだ》がついていかない。

【村人】は元々魔法を習得できるように、設計されていないからである。

体内に溜めておける魔力量や、その出力量は最低クラスといっていい。


「まあ、問題ないだろう」


身体が出来上がってくれば、自ずと魔力の上限は上がってくる。

訓練やトレーニングなどで魔力量や出力量をアップすることも可能だ。

転生によって、数々の職業をこなしてきた俺の経験が生きるだろう。

最終的に妹がいる王都を目指すとしても、この貧相な身体では道中の魔獣の餌《えさ》になるのが、関の山である。まずはこの身体をいじめ抜かなければならない。

「これでいいか……」

少しポイントを残し、作業を終える。残りのポイントは後々使うことにしよう。
気が付けば、夕方になっていた。虫の音があちこちから響いてくる。
久しく聞いていなかった平和の歌だ。

「見つけたぞ、ラセル」

草葉を踏み分ける音とともに、平和を乱すような声が聞こえた。
振り返ると、数人の子どもが立っている。
一人の男児が先頭に進み出てきた。背の高さでいえば、俺と同じくらいか。
ただ横には一・五倍ほどあり、鼻の頭には大きな傷があった。
ぐりぐりとした大きな瞳を夕闇の中で光らせ、俺の姿を見つけると「はっ」と笑う。

誰だ、こいつは？

疑問に思った瞬間、記憶が雪崩《なだ》れ込んでくる。

名前はボルンガ。ラセルの友達——とは言い難いようだ。

いわゆる、ガキ大将というヤツで、どうやら【村人】という職業ながら、貴族である俺が気に食わないらしい。何かと目の仇《かたき》にし、お決まりの暴力を振るってくる。

どうやらラセルは、今日もボルンガにいじめられ、この草原まで逃げてきたようだ。

今、気付いたが、左頬《ひだりほお》が少し腫《は》れている。ボルンガに殴《なぐ》られた痕だった。

件《くだん》のガキ大将の手には、木刀が握られている。


「全く……。まだ〝俺〟をいじめたりないのか?」

「うん? 〝俺〟? なんかお前、雰囲気《ふんいき》変わったか?」


おっと危ない。ついつい普段の口調で話してしまった。

一応子どもだ。大人の口調は控えておくか。変に勘ぐられても面倒だしな。


「ぼ、ぼくをまだいじめ足りないのかい?」

「戦場ごっこは終わってないぞ。お前は降伏もせずに逃げたからな」


戦場ごっこというのは、この辺りで流行《はや》っている遊びらしい。

一人一人を領主と見立てて、模擬試合を行う。ようは子どもの喧嘩《けんか》である。


「もうすぐ夜になるよ。家に帰った方がよくないかい？」

「逃げんのか？」

「仕切り直そうっていってるんだ」

「俺はいやだ」

「頑固だな」


どうやら見逃してくれそうにない。戦うならそれもいいだろう。

俺自身も、今し方手に入れた力を試してみたいと思っていたところだ。

とはいえ、試す相手としては、噛《か》み応えがなさそうだがな。


「わかったよ」


俺はその辺に落ちていた木の棒を拾った。

子どもの強引さに根負けするのはシャクだが、折角《せっかく》の実戦である。逃す手はない。

精々実験台になってもらおうか。

「いくぞ！」
「いいよ」

腕を振り回し、ボルンガはやる気満々だ。
俺も木の棒をそれとなく構えた。
ギャラリーが騒ぎ立てる。ほとんどの子どもがボルンガの勝利を確信していた。
ボルンガは目をつむり集中する。赤い魔力の光が全身から溢《あふ》れた。

ほう……。

こいつ、【戦士《ウォーリア》】の職業なのか。
使っているのは、【筋量強化】の魔法だな。
つまり【戦士《ウォーリア》】に初期装備されている魔法である。
初期魔法とはいえ、かなり強力で【戦士《ウォーリア》】のメイン魔法といっていい。
弱い魔獣程度なら、それだけで十分倒すことができる。
だから子どもといえど、決して油断はできなかった。

とはいえ、魔法が使えない【村人】に振るう力ではない。
やれやれ……。どうやら徹底的に俺をボコボコにしたいらしいな。

ダッ……！

ボルンガは地を蹴《け》った。合図もなく、俺の懐《ふところ》に飛び込んでくる。
ふむ……。子どもにしては速いな。
俺もかつて【戦士《ウォーリア》】だった。
ボルンガが足元にも及ばないほど、実戦経験を積んでいる。
近接戦闘にも自信があった。だからわかる……。
目の動き、腰の捻《ひね》り、足の配置。どこを狙っているのかバレバレだった。
まだ俺の顔を叩き足りないらしい。
この程度の実力か。所詮《しょせん》は子どもだな。魔法を使うまでもない。
俺はあっさりとボルンガの木刀を見切った。

「あれ？」

ボルンガは驚いている。
必殺の一刀だったのだろう。それをあっさりと回避され、戸惑っていた。
狼狽《ろうばい》するガキ大将を見ながら、俺はクスリと嘲笑《ちょうしょう》する。
魔法は子どもにしてはまああだが、身体の動かし方が雑すぎる。
予備動作だけで、どこを狙っているかバレバレなのだ。
魔法の前に、もっと身体の動かし方を学ぶべきだな。
ボルンガが盛大に空振《からぶ》ると、俺は側面に回った。
大柄の子どもの腰を容赦《ようしゃ》なくぶっ叩く。

「いでぇ!!」

ボルンガは仰《の》け反《ぞ》る。
とっ、とっ、とっ、と跳ねながら、一旦距離を取った。
【筋量強化】のおかげだろう。思いっきり叩いたつもりだが、まだ動けている。
俺の方に振り返った。少し涙目になった瞳を慌てて拭《ぬぐ》う。

「てめぇ、やりやがったな!」

「もう諦めたら？　君じゃ、ぼくには勝てない」
「ふざけんな！」

再びボルンガが襲ってくる。
やれやれ……。まだ叩かれ足りないらしい。もしかしてマゾなのか。
どうやら中途半端ではダメだ。少々強めにお仕置きしてやろう。
俺は手を掲《かか》げ、精神を集中した。
腹の下に力を溜めるイメージ。そして、それを全身に行き渡らせるイメージ。
呼吸のように交互に繰り返し、魔力を充実させていく。
瞬間、俺は魔法を起動した。

【筋量強化】

力が漲《みなぎ》ってくる。握り込むと、ミシリと棒が軋《きし》みを上げた。
全身の力を満遍《まんべん》なく強化する魔法が、正常に立ち上がる。

「できた！」

狙い通り。やはり【村人】でも魔法を使うことができるのだ。
先ほどよりもクリアに、ボルンガの動きが捉えられる。
速いといったのは、撤回《てっかい》しよう。
ボルンガ……。お前は、俺よりも弱い。
【村人】の俺よりも遙《はる》かにな。
ボルンガは馬鹿の一つ覚えみたいに、大上段から木刀を振り下ろした。
俺はなんなくかわす。さらに懐深く潜り込んだ。
すかさず、やや肥満体《ひまんたい》の腹に棒をぶち込む。

バギィン！

何かが潰れたような音がした。瞬間、ボルンガの巨体が浮き上がる。
襟《えり》を釣り上げられたかのように放物線を描き、飛んだ。
草場の上に倒れ込む。意識は完全に吹き飛び、白目を剝《む》いていた。

「…………」

沈黙が陽とともに沈んでいく。

見ていた子どもたちは、何が起きたのか理解できておらず、俺の方を見て口を開けていた。

俺は残心《ざんしん》を解くと、握っていた棒をポーンと放り捨てる。

決着は着いた。これ以上、戦うのは無意味だ。

「もう行くよ。あと出来れば、もうぼくには関わらないでくれないか。もし、今度からんできたら。これ以上のことをすると思うから」

悠々《ゆうゆう》と子どもたちの前を横切る。

この日から文字通り、ラセル・シン・スタークは生まれ変わった。

第2話

EPISODE 02

賢者、畑を耕し強くなる

俺が最後に転生してから、ガルベールは三百年の月日が経っていた。

国の名前が変わり、経済や流通が変わり、技術が変わっていた。

特に魔法技術の退化は著《いちじる》しい。普通、時間をかければ技術は研鑽《けんさん》され、進化するはずだ。

しかし、これにはきちんとした理由がある。

三百年間、大規模な戦争が起こらず、太平の世の中が続いていたからだ。


かつて人間は長い間、魔族と戦争をしていた。

命を懸《か》けた戦いは悲劇を生み出す一方で、技術力を飛躍的に進歩させる傾向がある。

倫理から外れた魔法学者や、【職人】といわれる職業魔法の使い手が現れ、太平の世では実現困難な高精度のものを生み出す時代――それが戦争なのだ。

戦争において、一握りの天才はとても重要だが、平和の世の中では邪魔になる。

そうして【職人】や技術屋は淘汰《とうた》され、伝承も継承もされず、歴史の闇に消えていった。

「なるほど。俺が魔族を滅ぼしたことによって、様々な分野で技術的な退化が起こったというのか。なんとも皮肉な話だ」


屋敷の書斎に籠《こ》もり、俺は歴史の本のページをめくる。

ああ……。そういえば、もっと変わったものがあったな。

文字だ。今でこそ読めるようになったが、最初はさっぱりだった。

どうもラセルは勉強が苦手だったらしい。

記憶の項目にも、ほとんど文字の情報がなかった。


【翻訳】

【学者《プロフェッサー》】の魔法を起動する。

ミミズがのたくったような文字が瞬時に読み解けるようになった。

さらに【速読理解】を起動し、わずかな時間でガルベールの現状を頭の中に叩き込んだ。

「座学はこれぐらいにしておくか」

パタリと本を閉じ、座っていた書斎の椅子《いす》から下りた。

情報収集も重要だが、身体《からだ》を鍛えることも重要だ。


「ラセルじゃないか」


父ルキソルと遭遇《そうぐう》した瞬間、俺は身体を強張《こわば》らせた。

肉体的にも、社会的にも、ルキソルは俺の父親なのだが、どうも慣れない。

向こうは六年付き添った子どもとして見ているのだろうが、俺の意識は昨日生まれたばかりだ。父親といわれても、ピンとこない。

それにルキソルは元々騎士で、昔かなり活躍していたらしい。

そのおかげで、俺は明日食う食事にも困ることなく、生活が出来ている。

しかも騎士を引退した今も、ルキソルは騎士としての体型を維持し続けていた。

家の中でも、顎髭《あごひげ》を剃《そ》り、髪も整え、きちんとしている。

どこか達人のような空気を醸《かも》し出していた。


「どうした、ラセル？　そんな怖い顔をして」

「い、いや、なんでもないよ。む、難しい本を読んでいたからかな」

「勉強熱心なのはいいことだ。だが、昔は嫌いだったのに。まるで人が変わったようだな」

「え？」

「うん？　どうした？」

「ううん。なんでもない」


おうぅ。びっくりした……。

息子の正体に気付いたのかと思ったが、どうやらそうではないらしい。

冗談で言ったつもりなのだろうが、ルキソルが言うと、実は気づいているのではないかと勘ぐってしまう。

絶対顔に出ていただろうな。今後は気を付けることにしよう。


「ところで聞いたぞ、ラセル。お前、ボルンガをのしたそうじゃないか」

「う、うん……」

もう噂《うわさ》は広まっているらしい。

まさかもう父の耳にまで届いているとは、完全に予想外だったがな。

この辺りは王都からも離れている。家が十数軒程度しかない小さな領地だ。

噂が広まるのが早いのだろう。

これが田舎《いなか》……。田舎、恐るべし！


「そんな顔をしなくてもいい。暴力は誉められたものではないが、父としては鼻が高いぞ。【村人】のお前が、【戦士《ウォーリア》】の子どもと戦って、勝ったのだからな」

「ルキ――ち、父上……」

「これでも心配していたのだ。貴族の子でありながら、【村人】として生まれたお前のことを。一生後ろ指を差されて生きていかなければならないのか、とな。だが、杞憂《きゆう》だったようだ」

「ご心配なく、父上。ぼくは強くなりますから」

「ははは……。たのもしいヤツだ」


髪がくしゃくしゃになるまで、ルキソルは俺の頭を撫《な》でた。

ちょっと変な気分だ。俺は数々の転生を繰り返してきた。

しかし、これまで両親と呼べる人間はいなかった。だから、愛情というものを知らない。

妹を救わなければという使命感に戸惑うのも、そのためだろう。

父親――いや、家族というのはこういうものなのだろうか。

「よーし。では、早速出かけるか？」

「出かける？　どこへですか？」

「もちろん、我が家の畑だ」

するとルキソルは、ずっと手にしていた鍬《くわ》を俺の方に差し出すのだった。

◆◇◆◇◆

スターク家は男爵位を持つ貴族だ。

小さな領地を持ってはいるが、家臣はいない。十軒ほどの家屋に、五十人ほどの領民。それがスターク領のすべてだ。その中でスターク家は村長のようなポジションだった。

だから、貴族といえど貴重な労働力として扱われる。毎朝農民と一緒に畑に出て、羊の世話をし、時に狩猟にも出かけることがあるという。

およそ貴族らしからぬ生活を、ルキソルは続けていた。

貴族の息子というから、それなりに楽ができると思っていたが、どうやら当てが外れてしまったようだ。

だが、農作業というのは存外悪くない。

身体を鍛えるのにはちょうどいい。筋力強化の一貫だと思えば苦にはならないだろう。

そう――軽い気持ちで、俺は農作業を手伝うことにした。


ザッ……。


ルキソルに指示された耕地に行き、早速鍬を突き立ててみる。

だが、地面に刺さったのは、ごくわずかだ。

土の質が悪いのか、表面が鉄のように硬い。

何度も鍬を突き刺し、ようやく掘り起こすことが出来た。

これはなかなかの重労働だぞ……。


「貴族の息子が、畑を手伝ってらぁ」

「へいへい。そんなへっぴり腰で大丈夫か、ラセルく～ん？」

「おいおい。全然耕せてねぇじゃねぇか」

「えっと……。うーんと……。ば、馬鹿野郎！」

子どもたちが集まり、俺の方を指差すと、ゲラゲラと笑った。

昨日のボルンガの取り巻きたちである。

本人はいないようだが、昨日の意趣返し《いしゅがえ》といったところだろう。

よく見れば、畑には小石が混じっていた。踏み固められた跡には子どもの足跡が残っている。

なかなかこすいことをする連中だ。

昨日の警告をもう忘れてしまったらしい。


もう少しビビらせる必要があるな。


俺は昨日と同じく【筋量強化】を起動すると、魔法で身体能力を底上げした。

さらに【鍛冶師《ブラックスミス》】の魔法を起動する。


【鋭化】


武器の切れ味をよくする魔法だ。

それを鍬の先端にかける。くたびれた刃物の先が、獣の牙のようにギラリと光った。

そのまま大上段まで振り上げる。

俺の堂《どう》に入《い》った姿勢に、子どもたちは息を呑《の》んだ。
全力で振り下ろす。

ドガァァァァァァアアアアンンンンンン!!

何故か、爆発音みたいな音がスターク領にこだまする。
硬い土が一気に捲《めく》り上がり、火山の噴煙のように舞い上がった。
しばらくして、土と小石が一緒に落ちてくる。

「けほ！　けほけほ！」

俺は土埃《つちぼこり》にむせ返りながら、辺りをうかがった。次第に変わり果てた畑の姿が露わになる。
見えてきたのは、隕石でも落ちてきたような陥没した地面だった。

しまった……！　魔力のコントロールをミスしてしまった。

【筋量強化】と【鋭化】の内、前者に魔力が傾いてしまったのだろう。

この身体になって、異なる職業の魔法を同時起動したのは、これが初めてだ。

同一系統なら問題ないが、二つの違う系統の魔法を使うのはまた別物らしい。

筋力、そして二系統の同時起動、さらにはコントロール。

意外と、畑仕事は奥が深いぞ……。


「うん？」


俺はさっきまで野次を飛ばしていた子どもたちを見る。

顎が外れるぐらい口を開け、固まっていた。

何を驚くことがあるんだ？

派手に見えるが、【筋量強化】の魔法を少し鍛えれば、これぐらいは造作《ぞうさ》もない。

そこいらの【戦士《ウォーリア》】でも出来る芸当だぞ。

さてはまたからかっているのか、こいつら。

「どうしたの？　ぼくは失敗した。笑ったらどうなんだい？」

「「「とととととんでもない!!!!」」」

は？


「すげぇ……」

「こんなの初めて見たよ」

「ラセルってこんなに強かったのか？」

「えっと……。つ、強い！」


こそこそと話し合う。

おい。全部聞こえているぞ。


「まだ何かあるの？」


俺は鍬の柄を子どもらに向ける。

ちなみに刃はすでにどこかへ吹き飛んでいた。

後で、ルキソルに怒られるな、これは。


「ひぃぃぃぃぃいいいいいい！　滅相《めっそう》もないです、ラセルさん」

「さん？」

するとボルンガの子分達は揉《も》み手をしながら近づいてきた。

顔には気持ち悪い笑みを浮かべている。何も要求していないのに、俺の肩を揉み始めた。

「ら、ラセルさん、疲れてないッスか？」

「ラセルさん、喉《のど》が渇《かわ》かないですか？　ミルクをもってきますよ。あ、そうだ。牛派ですか？　羊派ですか？」

「えっと……。えっと……。何かする！」

な、なんだ？　こいつら？　めちゃくちゃ気持ち悪いぞ。

いきなり「さん」付けで呼び始めるし。何がしたいのか、さっぱりわからん。

何か手伝いでもしたいのだろうか。

「じゃあ、畑を整備し直すから、手伝ってくれ」

「「「了解しました!!」」」

声を揃《そろ》え、どこで覚えてきたのか、軍隊式の敬礼をする。

そうして子どもたちは農具を取りに、それぞれの家へと走っていった。

意外と素直だな。根はいいヤツらなのかもしれない。

俺は振り返って、穴が空いた畑の整備を始めるのだった。

◆◇◆◇◆

「ふぅ……」

俺は青空を背負いながら、汗を拭《ぬぐ》った。

なかなかいい汗だ。筋肉も程よく疲労している。

ゆっくりと長く放出し続けていた魔力も、底を尽きかけていた。

今日もいいトレーニングが出来たようである。

一旦鍬を置き、俺は周りを見渡す。ふっくらと耕された畑が広がっていた。

俺が受け持つ耕地ではない。他の領民のものだ。

「ありがとうございます、ラセル坊ちゃん」

振り返ると、畑の持ち主であるお婆《ばあ》さんが頭を下げていた。

「いいよ、お婆ちゃん。気を遣わないで。去年、お爺《じい》ちゃんが死んじゃって大変なんでしょ？　ぼくに任せておいてよ」

「すまないねぇ。こんなものでよければ、食べておくれ」

お婆さんが手に持っていたのは、小麦粉をこねて作った菓子と、領地で獲《と》れた茶葉で淹《い》れてくれた紅茶だった。

ありがたく受け取り、早速菓子を頬張《ほおば》る。美味《うま》い。素朴《そぼく》だが、程よい甘みがあって好きな味だ。紅茶の渋みともよく合っている。トレーニング後の間食はまた格別だ。

三百年前では考えられないゆったりとした時間が流れていた。

転生前は戦ってばかりだったからな。たまにはこういうのも……。

いかんいかん。

あまり雰囲気《ふんいき》に流されるな。

俺は【村人】という職業を極めたいわけじゃない。

【村人】という職業で、最強になりたいのだ。

お婆さんの畑を請け負ったのも、トレーニングをしたかったからである。


「……うーん。でも、このお菓子はうまい」

俺はまた一つお菓子を頬張るのだった。

◆◇◆◇◆

耕地作業も終わり、俺は鍬《くわ》を担《かつ》いで屋敷に帰ろうとしていた。

その矢先、突如罵声《ばせい》を聞く。馬鈴薯《じゃがいも》の畑の前で、行商人と領民がもめていた。

どうやら馬鈴薯の単価のことで言い争いになっているらしい。

「年々単価が下がってるじゃないか！　これじゃあ暮らしていけない」

「仕方ないだろ。年々馬鈴薯が小さくなっているんだ。価格を下げざる得ない。というか、買ってくれるだけでもありがたく思え！」

「なんだと！　言うに事欠いて、この悪徳商人め！」

「うるさい！　無能な【村人】が――！」

一触即発《いっしょくそくはつ》である。今にも殴《なぐ》り合いそうな二人を他の領民が押さえていた。

馬鈴薯の大きさが小さくなっているのか。

喧嘩《けんか》を横目に俺は畑の中に入る。掘り出した馬鈴薯を確認した。

なるほど。確かに小さいな。三百年前と比べれば、半分ぐらいの大きさだ。

俺は馬鈴薯を拾い上げ、【学　者《プロフェッサー》】の魔法をこっそり起動した。

【鑑定】
名称　　　馬鈴薯（小）
栄養価【D】　魔力量【E】　水分量【D】

ふむ。なるほど。魔力量が低いな。

俺がいた頃は、野菜の中には最低Cランクの魔力が含まれていた。確かに食べ物に含まれる魔力量が少ないことは、以前から気になってはいた。おかげで自前で魔力回復薬を作り、補《おぎな》わなければならないほどだ。

俺は試しに土を【鑑定】する。

名称　　　土
栄養価【C】　魔力量【D】
水分量【C】　空気量【B】

良い具合の土だが、魔力量が低すぎる。

作物の魔力量が低いのも、この土のせいだろう。

少ない量の作物ならこれでもいいが、大量に作る分には全然足りない。

領民に聞くと、この畑は昨季まで休耕していたそうだ。確かに休耕すれば、土の中の魔力量も回復する。それでも少ないのは、何か他に原因があるからだろう。

ともかく魔力量を復活させることが肝心《かんじん》だな。

「土の中にある魔力量を上げれば、馬鈴薯の大きさも元に戻ると思うよ」

「はん！　そんな簡単にできるものか。大体、子どもに何がわかる！」

「じゃあ、ぼくの言うとおりにして、馬鈴薯が大きくなれば、高く買ってくれるんだよね、行商人のおじさん」

「もちろんだ。まあ、それができればの話だけどね」

行商人は意地悪い笑みを浮かべる。


「じゃあ、明日また来てよ」

「あ、明日?」

「明日までに馬鈴薯を大きくしておくから」

「はははははは……。——あ。失敬《しっけい》。それは難しいでしょ、坊ちゃん。一晩で馬鈴薯を大きくするなんて」

「やってみなくちゃわからないでしょ」


俺は天使のように微笑む。

行商人は営業スマイルを浮かべようとするも、口の端をヒクヒクと動かすだけだった。

やがて、明日また来ると言って帰っていく。

「坊ちゃん、大丈夫なんですか? もしできなかったら、取引をやめるとか言ってましたよ」

「大丈夫だよ。それより山に生えてる魔草を取ってきてよ」

「魔草ですか？」

「魔草には、魔力がたくさん含まれているんだ。それを土に混ぜれば、土の魔力が回復すると思うよ」

「そ、そんなので大きな馬鈴薯が作れるのですか⁉」

「とにかくやってみてよ」


行商人とは約束してしまったし、領民たちにも意地がある。

きっと俺の提案を受け入れるはずだ。


「よし！　ラセル坊ちゃんに恥《はじ》をかかせないためにも頑張るぞ！」

「坊ちゃんにはこの前、種まきを手伝ってもらったしな」

「うちは収穫を手伝ってもらったよ」


んん？　なんか思っていた反応と違うんだが……。

畑を耕したのは、単にトレーニングがしたかっただけで。

……………ま。いっか。

夜——。
領地が寝静まった頃。
俺の姿は、例の馬鈴薯の畑にあった。
土の状態を確認する。領民達は指示通り魔草を採取し、土に混ぜ込んでいた。
【鑑定】の魔法を起動する。

名称　　土
栄養価【C】　魔力量【B】
水分量【C】　空気量【B】

随分《ずいぶん》と改善されていた。
これなら問題はないだろうが、さすがに明日までに大きくするのは難しい。
だから、俺はこうしてやってきたのだ。
自前で作った魔力回復薬を飲み込み、日中に失った魔力を回復させる。
すかさず【聖職者《クレリック》】の魔法を起動した。

【身体活性】


促進系魔法の一種。回復の促進から、強化魔法などの効果を上げる。

要は、肉体に流れる魔力の流れを最適化させる魔法である。

俺は畑に向かって放つ。地中にある馬鈴薯に、【身体活性】を付加した。

これで土の中にある魔力を、馬鈴薯がスムーズに吸収してくれるはず。

明日が楽しみだ。

◆◇◆◇◆

畑の前に馬車を止め、行商人が再びやってきた。

荷台から降りると、早速口を開く。

「さあ、見せてもらいましょうか？」

待っていた俺に向かって、行商人はニヤリと笑う。

馬鈴薯が一晩で大きくなるなんて微塵《みじん》も信じていない様子である。

領民たちは固唾《かたず》を呑《の》んで見守った。

俺は畑に入り、馬鈴薯を掘り返した。力を込め茎《くき》を引っ張る。

ごろ……。

現れたのは、俺の顔ぐらいある馬鈴薯だった。


「な、なんだ、その馬鈴薯はぁぁぁぁぁぁああああああああ!!」


行商人はひっくり返る。

領民達も化け物みたいな馬鈴薯に驚嘆《きょうたん》していた。

俺は土を払いながら、作物を掲《かか》げる。


「馬鈴薯ですが、何か?」

「そ、そんなデカい品種の馬鈴薯なんてあるはずが……」

「間違いなく馬鈴薯ですよ。昨日、この畑で確認しましたよね」

「一日で……。いや、それよりも、そんなに大きい馬鈴薯――。売り物になるかどうか」

「どうして? 昨日行商人さんのおじさん言ったよね」

『馬鈴薯が大きくなれば、高く買ってくれるんだよね、行商人のおじさん』

『もちろんだ。まあ、それができればの話だけどね』

「今さら買わないなんていわないよね（満面の笑み）」

「こ、このガキぃ……。はめやがったな！」


行商人のこめかみに青筋が浮かぶ。腕をまくり、畑の中にいる俺に凄《すご》んできた。

だが、その一歩手前で肩を叩かれる。

振り返ると、昨日行商人ともめていた畑の主が立っていた。


「はめたのはあんただろ？」

「な、何を言って――」

「聞けば、他の領地の馬鈴薯も小さくなってるって話じゃないか？」

「ど、どうしてそれを……」

「気になって他の行商人に尋ねたんだよ。だから、個体が小さくなっても、需要《じゅよう》はあるから、値段自体は変わらないっていってたぞ」

「そ、それは――」

「あんた、騙《だま》したんだな！」

「こっちが【村人】だと思って舐《な》めやがって！」

「街の衛兵に突き出してやれ！」


領民たちが殺気立つ。

孤立した行商人の顔から、血の気が引いていった。

「ち、違う！　私は適正に――」

「だったら、耳を揃《そろ》えて払ってよね、おじさん（ニパァ）」

俺は努めて天使のように笑うと、行商人はぐっと言葉を呑み込んだ。

こういう時、子どもというのは便利だな。笑顔を振りまくだけで、大人はたじろいでしまう。

だが、残念ながら行商人の相手は俺じゃない。

あっという間に領民たちに囲まれ、視線の集中砲火を食らった。

「わ、わかった！　買う！　買うから許してくれ!!」

「もちろん、言い値だよな」

「く、くそ！　もってけ、どろぼー!!!!」

泥棒はどっちだよ。

まったく……。いつの時代も、小悪党はいるものだな。

俺は予想以上に大きくなった馬鈴薯《じゃがいも》を確認する。

人間じゃなく、野菜に使ったのは初めてだったが、【身体活性】は上手《うま》く機能したようだ。

ここまで大きくなったのも、人間を対象にした魔法を野菜に使ったから、促進の効果が大きく出たのだろう。

今後に生きるかどうかは知らないが、頭の片隅ぐらいには入れておくか。

これも何か強くなるためのヒントになるかもしれない。

すると、一人の領民が進み出た。

「ありがとうございます、ラセル坊ちゃん。でも、すげぇなあ、坊ちゃんは。【村人】なのに、色々な知識を持っていて。俺たちも見習わないと」

「ありがとう！」

「ありがとうございます、ラセル坊ちゃん」

「あんた、最高だ！」

「さすが坊ちゃん!!」


行商人に罵詈雑言《ばりぞうごん》を向けていた領民たちが、俺に対しては称賛の嵐を浴びせた。

突然かつぎ上げられると、何を思ったか、胴上げをはじめる。

青空のもと、俺は何度も宙に舞った。


「うぉ！　これ！　結構怖いぞ!!」

ていうか、俺……。なんか【村人】に馴染《なじ》みすぎていないか？

第3話

EPISODE 03

賢者、木こりになる

「ほっ……。ほっ……」

俺は息を吐きながら、山を登っていた。

時間は朝。朝靄《あさもや》がかかり視界が悪い。それでも、俺はテンポよく岩場に足を置き、崖《がけ》に飛びついてひたすら頂上を目指した。

朝のロードワークというヤツだ。

転生してからというもの、毎日領地内の山を往復している。

最初の頃は、昼間までかかったのだが、今では早朝に出て朝餉《あさげ》には間に合うぐらい、時間を短縮することに成功した。

体力作りは喫緊《きっきん》の課題である。

いくら魔法が優れていても、肝心《かんじん》の身体《からだ》が伴《ともな》ってなければ、強くはなれない。
俺が転生する前のラセルは、見るからに貧相な身体をしていた。
筋肉は薄く、走ればすぐに息が切れた。もやしっ子というヤツだ。
だが、今は違う。おそらく辺りの子どもの中では体力でも筋力でも一番だろう。
今なら、目をつぶってでもボルンガに勝つことができるはずだ。

「よし」

頂上の木にタッチし、踵《きびす》を返して山を駆け下る。
最初の頃はよく転んだものだが、今は体幹が鍛えられ生傷も減った。
屋敷に帰る前に沢に寄り、顔を洗って、水を飲むまでがいつものルーティーンである。

「こら！　わしの土地で何をやっておる!!」

いきなり怒鳴り声が聞こえ、思わず背筋を正す。
顔を拭《ぬぐ》いながら振り向くと、神経質そうに目を尖らせた男が立っていた。
歯の収まりが悪いのか、終始唇の辺りをモゴモゴさせている。

誰だ、このおっさんは？


俺はラセルの記憶を探ると、バサックという名前が出てきた。

あのボルンガの父親らしい。

バサックは目をギラリと光らせた。なるほど。威圧的なところがそっくりだ。


「お前、ルキソルのところのせがれだな？　息子が世話になってるそうじゃな」

「おはようございます、バサックさん」

「挨拶《あいさつ》なんぞいいわい。こんなところで、何をやっておる。ここはわしの土地だぞ？」


わしの土地？

ここはルキソルの領地じゃないのか？


「体力作りで山の中を走ってました」

「体力作り？　は……はは。はっ——ははははははは！　体力作りとは笑わせる。走り回ったところで、一体どうなるというのだ。魔法があれば、そんなことをしなくても良かろう」

勘違いしているな。魔法を使うにも、体力は必要だ。

極限の集中力の維持には、強い身体がなければならない。

それがわかって言っているのだろうか、このおっさんは。


「それにお前、【村人】だろ？　うちのせがれに勝ったそうだが、体力をつけてどうするのだ？　冒険者にでもなるつもりか？　ふん……。無駄だ、無駄。【村人】のお前がなれるわけがない」

「はあ……」

「せがれも、大きくなればもっと魔法を覚える。その時には【村人】のお前さんなど、足元にも及ばんようになっとるよ」


大きくなったところで魔法は覚えないぞ、おっさん。

あと一生かかっても、ボルンガが俺を抜くことはないと思うがな。


「わかったら、とっとといいね！　いいね!!」

取り付く島もなく、俺を追い払う。

こういう手合いは関わってはいけない。大人しく退散しよう。

俺はその場を後にした。

◆◇◆◇◆

コンッ！

屋敷に戻る道すがら、気持ちのいい音が山野に響いていることに気付いた。

音の元へと近付いてみると、木こりが木を切っている。

小さい領地ながら、スターク領には森や山が存在し、そこで獲《と》れる木材や野草は、領地の重要な収入源となっていた。


「おはようございます」


俺が挨拶すると、木こりはビクリと震える。

危うく斧《おの》を取り落とすところだった。

どうやら【村人】のようだが、随分と良い身体をしている。上半身――特に肩の辺りが盛り上がり、重そうな筋肉を受け止めるための下半身もよく鍛え上げられていた。

なるほど。木を切る作業において、自然に培《つちか》った筋肉か。

農作業同様に鍛錬になりそうだ。


「ああ。ルキソルさんのところの……。どうしたんだい？」

「少し手伝わせてくれませんか？」

「木こりに興味があるのかい？　いいよ。でも、この斧——結構、重いよ」

「大丈夫です」


とは言ったが、持ってみるとなかなか重い。

振り上げようにも結構力を使う。魔法ありなら造作《ぞうさ》もないが、今の筋力ではギリギリといったところだろう。

俺は腕の筋肉をフルに使い、斧を持ち上げる。見よう見まねで腰を捻《ひね》った。

そのまま全力で振り抜く。

コォン、と良い音が山野に響き渡った。


「うまい！　うまい！　さすがはルキソルさんの息子さんだ」

木こりは興奮した様子で、手を叩く。
なるほどな。剣の横薙《よこな》ぎと似ているな。
手の力じゃなくて、腰で振る感じだ。あと重要なのはインパクトの瞬間だろう。
強く握らないと、力が分散してしまう。

コォン!!　コォン!!　コォン!!

俺は確実に木に切れ目を入れると、ついにミリミリと音を立て一本の木を倒した。
ふむ。なかなか楽しいぞ、これ。

「筋がいいよ、ラセルくん。是非《ぜひ》、木こりになってほしいなあ」

筋が褒《ほ》められるのは嬉しいが、それは出来ない相談である。
いつか俺はスターク領を出ていく。
今以上に強くなるために。
そしてラセルとの約束を果たすために。

「おい！　何をもたもたしておる！　木材商がもう広場まで来ているんだぞ」


聞き覚えのある怒鳴り声が聞こえた。

崖下を覗《のぞ》き込むと、先ほどのバサックが立っている。

朝っぱらから酒でも飲んでいるのか、赤ら顔で何か喚《わめ》いていた。


「いけない。あと二本は切らないと」

「何かあるんですか?」

「ノルマがあるんだ。といっても、昨日の夜に言われてね……」


聞けば、山の木を管理し、木材商との交渉にも当たっているバサックが、数え間違いをしていたらしい。大慌てで朝から切り出し始めたが、とてもじゃないが間に合わないそうだ。


「おい！　早くしろ！　じゃないと、お前が切った木の代金はタダになるぞ」

「ちょ、ちょっと待って下さい」

木こりは慌てて俺から斧を取り上げ、近くにあった木に刃を入れた。

だが、焦ってなかなか作業が進まない。

「まったく……。これだから【村人】は使えんのだ」

やれやれと吐き捨てる。

ひどい話だ。元々はバサックが悪いのに……。

「あの……。斧を貸してくれませんか?」

俺は手を差し出した。

木こりは戸惑いつつも、俺に斧を渡す。

そして俺は崖下にいるバサックに注意を促した。

「今から木を切るんで、安全なところに隠れててよ、おじさん」

「またお前か!　ははっ!　子どもに何が出来る。それに【村人】ごときがわしに指図するな。

ここで待たせてもらうぞ」

バサックは崖下の地面に腰を下ろした。
酒が入った小瓶《こびん》を取り出すと呷《あお》る。ヒックと小さくしゃっくりをした。
酔っ払いの頑固親父《おやじ》は放っておいて、俺は今一度斧を握った。
【戦士《ウォーリア》】と【鍛冶師《ブラックスミス》】の魔法を起動する。

【筋量強化】
【鋭化】

異なる職能の魔法を二重起動する。
魔力の出力を制御し、目をつむって集中した。
畑仕事の時を思い出す。腰を落とし、大地の感触を摑《つか》む。
姿勢を安定させると、俺は振りかぶった。
魔法出力の最終調整が終わると、全力で斧を振り抜く。

スパッッッッッッッッッンンンンンンン!!

瞬間、木が一刀された。

「すご――」

木こりが手を叩こうとした時、称賛は半ばで止まる。
斬技の風圧が目の前の木だけに留まらず、そのまま山の斜面をのぼっていった。
周囲にあった木まで根こそぎ切り飛ばす。

「あ…………」

ミリミリ、という雷にも似た音を立てて、木が倒れてくる。
どすんと重たい音を鳴らして倒木すると、木が山の斜面を滑り落ちてきた。
俺は木こりと一緒に安全地帯へ脱出する。
滑ってきた木は崖の下にいたバサックに襲いかかった。
頭上から降ってきた木を見て、頑固親父は目を剝《む》く。

「なんじゃあああああああああああ!!!!」

そのまま倒木に巻き込まれた。

慌てて木こりが駆け寄り、崖下を覗く。バサックは生きていた。

崖のすぐ側に座っていたからであろう。倒木と崖の間に出来た隙間《すきま》にいて、無事だったのだ。

悪運だけは強いおっさんだな。

しかし当の本人は完全に目を回して気絶していた。

股《また》の下が若干《じゃっかん》湿っている。年のせいか。尿道の筋肉が弱っているらしい。

ちゃんと鍛えた方がいいぞ、頑固親父。


「ありがとう、ラセルくん」

「いえ。ちょっと失敗してしまいました」

「いいよいいよ。でも驚いたよ。まさか一振りであんなにたくさんの木を切るなんて」


ああ……。俺も驚いた。

だいぶ魔力の出力が上がったな。

一応手加減はしたのだが、自分の成長分まで計算に入れてなかった。

出力の把握と安定……。

これさえクリアすれば、次の段階に移行することが出来るだろう。

◆◇◆◇◆

朝に畑の仕事を手伝い、昼からは木こりの仕事を手伝った。

掛け持ちは今の身体《からだ》では辛《つら》いが、おかげで筋肉量がアップしたように思える。

木を切るのも、目に見えて速くなった。前は二本切るのもやっとだったが、今は魔法なしでも三本は余裕で切れる。


木こりのトレーニングは当たりだ。


上半身に目がいきがちだが、この訓練は下半身のバランスを鍛えるのに役立つ。

いくら腰で振っても、土台《かはんしん》がしっかりと踏ん張っていないと、うまく力を伝えられないからだ。

木こりに足を見せてもらったが、ふくらはぎが異常に発達していた。

インパクトの際、強く踏ん張っているからだろう。

剣を持たせたら、この木こりはいい剣士になるかもしれない。

「ふぅ……」


俺は今日、最後の一本を切り終え、額の汗を拭《ぬぐ》う。

すると、また背後で怒声が響いた。


「貴様！　何をやっとるか!!」


振り返ると、バサックが立っていた。

顔を溶けた鉄みたいに赤くし、大股で近付いてくる。


「何をしておる、小僧！」

「木を切っているだけだよ、おじさん」

「ここはわしの土地だ。勝手に木を切ることは許さん!!」

またそれか……。おかしくないか。

この領地を治めているのは、俺の父ルキソルである。

基本的に領民は、ルキソルから土地を借りていて、森や川といった場所は領民共有の財産ということになっていた。

バサックが自分のものだと豪語するのは、どう考えてもおかしいのだ。


「ラセルくん。ごめん、そっちの木は切ったらダメなんだ」


慌てて木こりがやってくる。

バサックは木こりを見るなり、頭をはたいた。


「子どもに仕事を手伝わせるのは勝手だが、わしのところの木を切らせるとは何事だ！」

「す、すいません」

「罰として、切った木の代金分はお前の稼《かせ》ぎから引いておくからな」

「そ、そんな――」

「これだから【村人】は使えんのだ」


弁解の余地もなく、バサックはどこかへ行ってしまった。

相変わらず偉そうな頑固親父である。先日、お漏《も》らしした状態で、領民の男達に担《かつ》がれていったのに、あの醜態《しゅうたい》をもう忘れてしまったらしい。
やれやれ……。また【村人】か。
魔法が使えないだけで、そんなに差別するものか？
現にこの木こりは、魔法も使えないのに自分よりも何倍も大きな木を切っている。
職業が【村人】だからといって、責められることはないと思うが……。

「木こりのおじさん、ごめんね」
「いいんだよ。おじさんが説明していなかったのも悪かったんだ。川を挟んだこの土地はね。バサックさんのものなんだよ」

山には小川が流れていて、両岸で土地の所有者が違うらしい。
一方は、バサックのものだと説明する。だが、どう考えてもおかしかった。
どうしてルキソルの領地の山を自分のものだと言い張ることが出来るのだろうか。

「元々バサックさんは、この辺の地主だったんだよ」

とはいえ、土地の証文があるわけでもないらしい。

バサックが勝手に言い張っているだけだ。

そんな土地に貴族になって日が浅いルキソルが、領主としてやってきた……。

なるほど。面倒ごとが起こるのは目に見えている。

お人好しのルキソルのことだ。自称地主に遠慮《えんりょ》して、強くは言えないのだろう。

それではバサックが増長するだけである。いつかスターク領一帯すべてを、自分の土地だと言い出しかねない。

バサックの評判はすこぶる悪い。木の買い取り値段を自分で勝手に決め、木材商に金を握らせて売上の一部を懐《ふところ》に収めているという噂話《うわさばなし》もある。山の王様気取りだ。

「明日はいいけど、来月からどうやって生きていけばいいんだろうか？」

頭を抱える木こりに、俺は一本の白い花を差し出した。

この山では珍しくない野花だ。

「おじさん、これあげるよ」

「ありがとう、ラセルくん。おじさんを慰めてくれているんだね」

「そうじゃないんだ、おじさん。騙《だま》されたと思って、この花を薬屋に売ってきてよ」

「え？」

「きっと木を切るよりも高く売れると思うよ」

俺はなるべく子どもらしい笑顔を向けた。

◆◇◆◇◆

夜――。

スターク領の家の明かりが消える。

領地全体が寝静まり、虫の音と微《かす》かな寝息が聞こえてきた。

そんな中、一軒だけ明かりがついている家がある。

バサックの家だ。

スターク家の次ぐらいに大きい屋敷の裏口には、馬車が止まっていた。

家の中ではランプを挟み、バサックとフードを目深《まぶか》に被《かぶ》った男が向かい合って、何やら話し込んでいる。

「これが前金だ」

男は袋を差し出す。

袋の口を開けると、大量の金貨が入っていた。

バサックはニヤリと笑う。


「確かに……」

「もう一度確認する。本当にこの土地を売って大丈夫なんだろうな？」

「くどいぞ。言っただろ？　ここの領主は脳まで筋肉で出来ておって、こういうことには疎《うと》いのだと」

「元騎士団長と聞いたが……」

「元々あの山はわしのもんなんだ。そのわしが自分の土地を売って何が悪い！」

二人が話をしているのは——バサックが自分のものと言い張る——土地の売買の話だ。

バサックは人が見ていないところで、勝手に土地を売ろうとしていた。

もちろん違法である。

「ところで、お前さんら……。あの土地で一体何をしようっていうんだ？　前にカクメイノシシとか難しいことを言っていたが……」

「お前は知らなくていいことだ」


男は吐き捨てると、そのまま家を出ていく。

馬車に乗り込むなり、挨拶《あいさつ》もなく発進させた。

巻き起こった砂埃《すなぼこり》が、側で咲いていた白い花を揺らすのだった。

◆◇◆◇◆

数日後。

俺はいつも通り木を切っていた。

そこに例の木こりが興奮した様子でやってくる。

「ラセルくん！　ありがとう！　あの花……。何故かめちゃくちゃ高値で売れたよ」

「良かったね、おじさん」

「あれは魔草だったんだね。よくそんなことを知ってたね。君って【村人】だろ？【学　者《プロフェッサー》】の鑑定の魔法とか使えないのに……」

「たまたま図鑑で見たのを覚えていたんだよ」

「ところで、あの魔草ってどういう効果があるんだい？」

「それはすぐにわかると思うよ」

「……？」

突然、ドンという号砲が領地にこだました。領部会が始まる合図だろう。

領部会とは、月に一度領民が集まって会議を行う場である。

生活面で困っていること。領地外で起きた事件などが話される。

領部会で決められた事は、必ず守らなければならず、法的にも保証されていた。

議会のような役割がある一方で、罪を犯したものの処遇を決める裁判所としての役目もある。

俺と木こりは領地の広場へ向かうと、すでに領民が集まっていた。

進行役であるルキソルの手には白い花が握られている。

「あれって、あの魔草じゃないか。どうして、領主様が……」

木こりが首を傾《かし》げる一方、領部会が始まった。

ルキソルは朗々と声を響かせる。

「早速だが、皆の衆。残念なことに、我らの中で重大な背信行為を行った者が現れた」

物騒な切り出しに、多くの領民がざわつく。

すると、ルキソルはその人間の前に立った。

バサックだ。

犯人はお前だと言われているような状況なのに、頑固親父《おやじ》は微動だにしない。

元騎士であるルキソルを虎のように睨《にら》み返していた。

大したおっさんだ……。

「バサックさん。あんたがかつてこの辺り一帯の地主であることは知っている。だから、俺もあんたの所業を大目に見てきた。だが、今回ばかりは許すことが出来ない」

「何を言っておるのかさっぱりわからんな、ルキソルさん。わしが一体何をしたと言うのだ」

挑発のつもりだろうか。耳クソをほじり、バサックはすっとぼける。

ルキソルは息を吐いた。ため込んだ怒りを一度冷却するかのようにだ。

すると例の魔草に魔力を通した。

『ここの領主は脳まで筋肉で出来ておって、こういうことには疎いのだと』

バサックの顔が、一瞬にして凍りつく。

当然だろう。花から聞こえたのは、紛《まぎ》れもなく自分の声だったからである。

聞いていた領民も驚いていた。領主を侮辱《ぶじょく》した言葉に憤《いきどお》り、立ち上がる者もいる。

『元々あの山はわしのもんなんだ。そのわしが自分の土地を売って何が悪い！』

決定的な言葉だった。

領部会に出席する領民たちは憤りを通り越し、しんと静まり返る。

その中で、ルキソルだけが説明を続けた。

「これはコダマ草といって魔力を与えると、聞いた人間の声を再生する能力を持っている。王都では調書を取る際に使われるものだ。私も騎士団時代に使ったことがある。といっても、ラセルに教えてもらうまでは、その魔草が領地の至る所に生えているとは知らなかったがね」

わっと俺の方に視線が集まった。
どう反応したらいいかわからず、とりあえず苦手な笑顔を披露する。
するとバサックの怒鳴り声が、小さな領地に轟《とどろ》いた。

「そんなの出鱈目《でたらめ》だ！　ルキソルさん……。あんた、わしが目障《めざわ》りだから適当なことを言ってるんだろ？　あんたは領民を巻き込んで、わしを私刑にしたいだけだ」
「私刑なんてそんな……」

強気だな、バサック。なら、これはどうだろうな。

俺は体内で魔力を練《ね》ると、すべての魔力を一気に放出した。
すると、領地にあるすべてのコダマ草が反応する。
続いて聞こえてきたのは、領民たちの声だった。

『今日も天気がいいね』『ラセルくん、筋がいいよ』『この土地を買いたいだって？』『はあ……。今日暑いなあ。酒でも飲みてぇ』『……で、いくら出す?』『我らカクメイノシシのために……』『この値段では売れないなあ』

あちこちから人の声が聞こえてきた。

むろん、バサックの声もだ。他の領民よりも声が大きいから、すぐわかる。

そして聞いたことがない声も混じっていた。バサックと会話している。その内容はむろん土地の売買の話である。


「…………」


さすがのバサックも言葉にならない様子だった。

口をだらしなく開けたまま、座っていた椅子《いす》からずり落ちる。

目の前に立ったルキソルは、怒りを漲《みなぎ》らせている。

こんな怖い顔をした父を見るのは初めてだ。

「バサックさん、この領地は私の土地じゃない。私が王から借り受けている土地だ。その所有権は、国であり、王にある。あんたは王に背いた。反逆罪に問われても文句は言えないぞ」

腰に下げていた鞘《さや》から、ぬらりと剣を抜き放つ。

凄《すご》い気迫だ。もはや俺が知る父ではない。

そこにいたのは、王の剣《つるぎ》——騎士団長ルキソルだった。


「ひぃ……。ひぃいいいいいい!!」


バサックはとうとう悲鳴を上げた。

あの剣気に中《あ》てられては、しがない領民など一溜まりもない。

たまらずバサックは額を擦りつけて許しを請う。


「た、頼む、ルキソル。い、いや……。領主様！　土地は売らない。もらった前金も返すつもりだ。だ、だから……命だけは……。か、勘弁してくれ」

「条件がある。あんたと取引した相手を、王都の法務院に証言すること。あんたの土地を木こりに開放すること。木材商も替えさせてもらうからな」

「わ、わかった」

歯ぎしりをしながら、バサックはすべての条件を呑《の》んだ。やがて悔《くや》し涙を浮かべる。

一方、領民からは歓声が上がった。

隣で見ていた木こりも俺の手を取る。


「すごいよ、ラセルくん。あの山の木を自由に切れるんだ」

「天引きされることもないですね」

「ああ……。それにしても、さっき突然コダマ草が喋《しゃべ》り出したのは何故だろう。ラセルくん、何かしたのかい？」

「まさか……。ぼくは【村人】ですよ」


領地全体に魔力を充満させるには骨が折れたが、上手《うま》くいった。

筋量トレーニングと並行して、魔力出力量も順調に伸びているようだ。

言い頃合いかもしれない。そろそろ自分自身の力を試す時だ。

次は魔獣との実戦に臨む。

俺はそう堅く決意するのだった。

第4話　賢者、魔獣を倒す

EPISODE 04

スターク領の北には、大きな森が広がっている。
領民にとっては、重要な食糧資源だ。
秋季には実りを、冬季には貴重なタンパク源を確保できる。
村には引退した狩人《かりゅうど》がいて、森に分け入っては獲物を獲《と》り、領地に還元してきた。
しかし、今回狩人が見つけてきたのは、獲物ではない。
魔獣の痕跡――。それもかなり大型らしい。
スターク領周辺に現れる魔獣は、比較的弱い。
不用意に近づかなければ害はない下級クラスばかりである。
だが、一年に一、二度ぐらいの割合で大型魔獣が現れるのだという。

「大型の魔獣か……」

ランクはわからないが、周辺の魔獣よりは明らかに骨がある相手だろう。
実戦に勝る訓練はない。
随分《ずいぶん》と減ってしまったスキルポイントを、取り返すチャンスでもある。
だが、油断は禁物だ。ランクも容姿もわからない状況では、リスクの方が高い。
とにかく森に入って、その痕跡とやら確認することにした。
家に置いてあった弓と矢を背負うと、北の森へと向かう。
昼間でも薄暗い森の中を進むと、俺は異変に気付いた。

「鳥の囀《さえず》りが聞こえない……」

虫の音すら沈黙し、森は静まり返っていた。
かすかな獣臭《けものしゆう》がする。しかも野生の獣のものではなかった。
俺はさらに奥深くに進むと、例の痕跡とやらを発見する。
まるで鋸《のこぎり》で木を切ろうとしたような鋭い爪痕が、木の幹に残っていた。
俺は目を細め、確信する。

「イッカクタイガーだな」

頭に角《つの》を生やした虎の魔獣。鋭い角も脅威《きょうい》だが、何よりもその大きさが問題だ。虎よりも遙《はる》かに大きな巨体は、今の俺の身体《からだ》など一飲みにできるだろう。木に残った痕跡は、イッカクタイガーが木皮を削《けず》った跡だ。樹液を舐《な》めていたに違いない。

イッカクタイガーは雑食である。むろん人間も食う。

このまま放っておくのは、あまり好ましくない相手だ。

俺は手を掲《かか》げると、【探索者《シーカー》】の魔法を起動した。


【探知】


今の魔力出力量では、目に見える範囲が限界だが、森には死角が多い。

どこで魔獣が、牙を研《と》いでいるのかわからなかった。

慎重に、イッカクタイガーを探し、進む。

反応はすぐだった。が、魔獣ではない。


「誰だ!?」

俺は声を張り上げ、威嚇《いかく》する。

すると茂みの奥から現れたのは、同い年の子どもだった。

背は俺と同じぐらいだが、横に一・五倍ほど広い。太った子どもだった。

ボルンガという、以前ラセルをいじめていた領民の男児である。

今ではすっかり大人しくなり、人心も離れ、最近はよく一人でいるところを目撃する。

その元お山の大将は、ムスッとした顔を俺に向けた。


「お前も、魔獣を倒しに来たのか？」

「〝も〟って、まさかボルンガも!?」

「【村人】のお前じゃ無理だ！」

「君はその【村人】にのされたんだろう。もう忘れたのかい？」

「うるさい！　おれ様が魔獣を倒す。村のみんなを見返してやるんだ！　【村人】は、引っ込んでろ!!」


俺を突き飛ばし、森の奥へと走っていく。

なるほどな。先日、ボルンガの父バサックが、村のみんなの前で糾弾《きゅうだん》された。

一気に求心力を失ったバサックは（元々なかったが）、法務院の取り調べに応じた後は、ルキソルの減刑の嘆願《たんがん》もあって数日間の社会奉仕活動だけで事なきを得た。

スターク領に帰ってからは、一切喋らず家の中に引き籠《こ》もっているらしい。

よほど堪《こた》えたのだろう。家では抜け殻同然なのだという。

同情しないわけではないが、悪いのはバサックである。


「ボルンガのヤツ……。本当に一人で魔獣を倒すつもりか？」


今からボルンガが戦おうとしている相手は、心意気だけで倒せるものではない。

イッカクタイガーは大人どころか並の冒険者でも手こずるほどの魔獣だ。

少し魔法を使えるからといって、倒せる相手じゃない。

ともかく俺はボルンガの後を追う。すると前方に気配の反応があった。


いる……。


茂みの中に隠れ、様子を窺《うかが》っている。

のそりと動き、息を潜め、身体を低くしながら静かにボルンガを追いかけ始めた。

どうやら、ボルンガを狙っているらしい。
イッカクタイガーはCランクの魔獣である。
敏捷性《びんしょう》こそ落ちるが、力は強く、体力もあって生半可《なまはんか》な攻撃は通じない。
いくら俺でも、今の状態ではイッカクタイガーと正面切って戦うのは難しい。
接近戦は悪手。かといって魔法戦が出来るほど、まだ魔力は充実していない。
しかも、イッカクタイガーはやたらと勘がいい。
気配を殺しても、些細《ささい》な殺気に感づく能力を有していて、これ以上は近づけない。
残された選択肢《し》は、間合いの外からの遠距離狙撃だけだ。

「ちょうどいい。このままボルンガを囮《おとり》にするか」

イッカクタイガーが、ボルンガを襲う瞬間を狙うことに決める。
そのボルンガは突然、足を止めた。何度も後ろを振り返り、警戒する様子を見せる。
もしかして、魔獣に気づいたのか。いや、あの反応は違うな。
きっと俺がついてきているか確認したのだろう。
一方、イッカクタイガーも無音で足を止める。
巨躯《きょく》を茂みに押し込み、襲うタイミングを見計らっていた。

やるなら今だ。
俺は弓を引いた。
ルキソル用に作られたもので、かなり弦《つる》の張りが強い。
それでも、畑仕事や木こりの仕事で鍛えた俺の腕は、易々と弓を引いた。
さらに魔法を起動する。
【戦士《ウォーリア》】の【筋量強化】。
【学者《プロフェッサー》】の【魔獣走査】で、弱点を確認。
【戦士《ウォーリア》】の【致命】で、攻撃力を上乗せする。
最後に【鍛冶師《ブラックスミス》】の【属性付与】を唱えた。
同時四種の魔法起動……。
さすがにきつい。頭が熱くなってきた。
こめかみの辺りがピクピクと動く。脳が今にも破裂しそうだ。
落ち着け……。そして思い出せ！

畑での多重魔法トレーニングを。

木を切る時のタイミングを。


これだけやっても、魔獣を倒せるか否《いな》かは五分と五分。

残念ながら、矢を当てるための【必中】の魔法は、習得していない。

構造こそ単純だが、あれは高等魔法なのだ。

俺は弦を絞ったままひたすら待つ。

狙いは、イッカクタイガーがボルンガに襲いかかる瞬間である。

魔獣の殺意に、俺の殺意を紛《まぎ》れ込ませる。

チャンスは一度。それで十分だ。


「一発で仕留める……」


一方ボルンガは近くに流れていた小川に近付く。

顔をつけて、水を飲み始めた。

それはイッカクタイガーにとって、獲物に出来た待望の隙《すき》──。

大虎の魔獣は決して見逃さない。一気に殺意が膨《ふく》れあがるのを、俺は背筋で感じていた。

殺《や》る！

俺は改めて狙いを定める。
広がる視界を絞り、一点に集中した。
イッカクタイガーが茂みから飛び出す。
突然の獣の声に、ボルンガは予想通り竦《すく》み上がった。
魔法を起動することなく、その場に固まり、そして震える。
俺の前で見せていた威勢は完全に吹き飛んでいた。
その間、イッカクタイガーは無慈悲《むじひ》に角を前にして突撃してくる。
ぐおおおお！　という雄叫《おたけ》びを聞いた瞬間、ボルンガは尻餅《しりもち》をついた。
獲《と》った!!　とイッカクタイガーは思ったに違いない。
だが、それは俺の台詞《せりふ》だった。

ビィン!!

鋭い鳴弦《めいげん》を響かせ、矢が放たれた。

風の属性が付与された矢尻は、大気を抉《えぐ》る。
孤を描くのではなく、魔獣に向かって直進した。

――――ッコン!!

頭蓋《ずがい》を貫くと、イッカクタイガーの動きが止まる。
血液が絵筆に含ませた絵の具のように散った。
そのまま魔獣はひっくり返る。
巨体が森の中を転がり、一本の木を薙《な》ぎ飛ばしてようやく止まった。
魔獣はぴくりとも動かない。同時に殺意が急速に沈んでいった。
俺は慎重に近づいていく。
魔獣の横でボルンガが震えていたが、俺は目もくれず魔獣の生死を確認した。

「ふぅ……」

イッカクタイガーは絶命していた。
よし、と俺はガッツポーズを取る。

六歳という年齢で、Cランクの魔獣を倒した。
俺はこれまでの人生の中で十歳が最高だった。それを大幅に更新したことになる。
おそらく人類史上最速と言っても、過言ではないはずだ。

「ふふふ……。あはははははは!!」

劣等職《マイナー》などと一体誰が言った。
最弱などと誰が罵《ののし》った!
【村人】は、万能職。間違いなく最強の職業だ。
興奮が抑えられない。こみ上げてきた笑気に抗《あらが》えず、俺はひたすら笑い続けた。
【村人】を選択したのは、大当たりだった。
なれる! なれるぞ、俺は!
世界最強の存在に……!

「お、お前……。本当にラセルなのか?」

横を見ると、ボルンガが地面に尻をつけて震えていた。

その股《また》の間が濡れている。どうやら父親と同じくお漏《も》らしをしてしまったらしい。

「それはぼくの台詞だよ」

勇ましく森に入っていったボルンガの姿は、一体どこに行ったのか、とな。

◆◇◆◇◆

領地では久しぶりに宴《うたげ》が催《もよお》されていた。

酒がふるまわれ、男と女が円を描いて踊っている。

みんな楽しそうだ。

宴のど真ん中には、イッカクタイガーの毛皮と角があった。

俺と同い年の子どもたちが物珍しそうに眺めている。勇ましく棒で叩くと親に怒られていた。

イッカクタイガーの毛皮と皮は、明日大きな街に持っていき、売りさばく予定になっている。

魔獣の毛皮や角は高く売れる。貴族の嗜好品《しこうひん》になるからだ。

俺の時代とはちょっと違う。

魔獣の毛皮は、耐斬、耐突性に優れている。角は鋼《はがね》に近い硬度があって、加工すれば武器にもなるし、煎《せん》じれば肉体強化の一助にもなる。
それをただ眺めるだけに使うとは、随分《ずいぶん》と時代が変わったものだ。
「それにしても、随分小さなイッカクタイガーだな」
戦っている時には感じなかったが、昔と比べるとかなり小さい。おそらく幼体だろう。
俺は手に持っていたスープを飲む。
イッカクタイガーの肉が入ったスープである。
魔獣の肉は基本的に不味《まず》いが、殺してすぐにさばくと、いい味を出すようになる。
魔獣肉は魔獣を狩る冒険者たちの特権だ。
この領地にとっても、貴重なタンパク源になる。
幼体といっても大きさが大きさだけに、五十人程度の腹を満たすのは容易だった。
「すげぇなあ、ラセル坊ちゃんは。さすが領主様の息子だ」
領民の一人が、俺の肩をバシバシと叩いた。
農作業で培《つちか》ったのか。【村人】の力はなかなか強く、地味に痛い。

「魔獣をやっつけたのも凄《すご》いけど……。えらいねぇ。人助けなんて。あたしだったら、魔獣を見ただけで、腰抜かしちまうよ」


給仕係の女がお代わりを差し出す。湯気が立った木椀《もくわん》を受け取り、俺は飲み干した。

魔獣の肉は、魔力量のアップにも繋《つな》がる。

貴重故に、ここで食べておかなければ、いつありつけるかわからない。

すると、横で聞いていた老齢の狩人《かりゆうど》が尋ねた。


「どうやって、イッカクタイガーを射貫《いぬ》いたんだね？」

「ボルンガを助けようと無我夢中で……。実は全然覚えていないんだ」

「偉いねぇ……。仲間を助けようと。必死だった訳だ」

「うん！」


とびっきりの笑顔を向ける。

それだけで、大人たちがほっこりするのがわかった。

俺がイッカクタイガーを倒した直後、ルキソルは領地の狩人を連れてやってきた。

子どもが二名いないことに気付き、探しに来たのだ。

その後、俺もボルンガも当然こってり絞られた。

次に大人達の興味を引いたのは、どうやって子どもがイッカクタイガーを倒せたのか、ということだ。

俺は、曖昧《あいまい》に返事することに終始した。

魔法で倒したなんて、今の段階ではさすがに話せない。

結局、ルキソルたちが出した推測はこうだ。

森に入っていったボルンガを追いかけたら、イッカクタイガーに遭遇《そうぐう》。

俺はボルンガを助けようと必死に矢を放ち、見事急所を射貫いてしまった——というものだ。

こうして俺はたちまち英雄に祭り上げられ、領民から讃《たた》えられていた。

ちなみにボルンガの姿は、宴の席にはいない。

今はさすがに人前には出にくいだろう。


宴は月が北の方角に来る段になってようやく終わった。

さすがに眠い。英気を養えたとはいえ、今日はさすがに魔力を使い過ぎた。

出来れば、明日ぐらいは昼まで寝ていたいところである。

強くなるためには、休息も必要だからな。


「ラセル」

屋敷へ向かうあぜ道に立っていたのは、ルキソルだった。


「父上。まだ帰っていなかったのですか？」

「我が息子を待っていたんだよ。一緒に帰ろう」

「はい！」


俺はルキソルの横に並ぶ。

己を誇るように笑顔を見せると、ルキソルは頭を撫《な》でてくれた。

なかなかくすぐったい。

今までの人生でこうして特定の父親を持つのは、今回が初めてのことだ。

以前の転生では、そのほとんどが親の顔すら知らない戦災孤児だったからである。

最初は戸惑ったが、最近は随分と父という存在に慣れてきた。

「よくやったな、ルキソル」

「ありがとうございます、父上。でも、本当に何も覚えていなくて」

「そうか……」


ルキソルはつと畦道《あぜみち》のど真ん中で立ち止まる。

周りは畑で、遮《さえぎ》る物も少ない。空が広く、夜天に星が瞬いていた。

青白い月光が、父――ルキソルを包み込んでいる。

その表情は硬く、じっと俺を見つめていた。

何か観察されているような気がして、俺は少し身を竦《すく》ませる。

やがてルキソルは切り出した。


「ラセル。本当のことを話してほしい」

「本当のこと？」

「お前は魔法を使えるんじゃないのか？」

「――――ッ!!」

思わず息を呑《の》んだ。顔の筋肉が引きつる。

まずい……。今、顔に出てしまった。必死に誤魔化《ごまか》すが、もう遅い。

ルキソルは何かを確信したように頷《うなず》く。

驚いた。まさかこんなにも早くバレてしまうとは……。

さすがにイッカクタイガーはやりすぎたか。


「本当なんだね？」

「父上、ぼくは……」

「責めているのではないよ。むしろ誇らしいと思っている」

「え？」

「ラセル……。今、このガルベールで占《し》める【村人】の割合を知っているかい？」

「半分ぐらいですか？」

「すでに三割を切っているそうだよ」


馬鹿なッ!!

俺の時代では五割というのが定説だった。

それが三百年の間に、二割も減ったというのか。

「どうして……」


ショックを受ける俺に、ルキソルは理由を説明してくれた。

魔族との戦争が終わり、日常生活の大半を占めていた戦《いくさ》がなくなった。

すると、戦いを担《にな》っていた六大職業の人間があぶれ、本来【村人】が行う街や城の管理・維持などを請け負うようになったそうだ。

そうして魔法が使えない【村人】は淘汰《とうた》されていった。

職業が【村人】というだけで赤子は殺され、鑑定技術の発展によって堕胎《だたい》を強《し》いられる女性が増えているのだという。

その結果が三割という数字である。

しかし、生き残った【村人】には、死ぬより辛《つら》い運命が待っているという。


「父上と母上は、何故ぼくを産もうと思ったの？」

「全然悩まなかったといえば、ウソを吐くことになるかな。もちろん、父も母さんも悩んだよ。初めての子どもだったしね。でも、父はこう思ったのだ。産まれてきてはいけない命などない、と……。だから、父は母さんにラセルを産んでもらうことにしたんだ」

「そう――だったんだ」

「ラセル……。お前の目標はなんだ？」

ルキソルは唐突《とうとつ》に話題を転じた。誤魔化すためではないことは、すぐにわかる。

父の顔が真剣そのものだったからだ。だから、俺も真剣に応じた。

「……強く。強くなりたいです！」

「この先、【村人】という職業に翻弄《ほんろう》され、制限されることがあってもか？」

「ならば、父上……。ぼくがその常識を変えてみせます」

「ふむ……」

「ぼくがこの世で一番強い人間になれば、【村人】が優れた職業であることを証明することができます」

世界で一番強い存在になることが、俺の目標だ。

そこに尾ひれが付くだけに過ぎないし、計画に支障はない。

こうなったのも、俺が魔族を滅ぼしてしまったのが発端である。

過剰《かじょう》に責任を感じるつもりはないが、多少は罪滅ぼしをしなければならないだろう。

「だから、ぼくは王都に行かなければならないんだ」

――――ッ！


俺は思わず顔を強張《こわば》らせた。

突然叫んだ息子を見て、ルキソルも眉《まゆ》を上げる。

だが、この時一番驚いていたのは、俺だった。

今の言葉は俺自身も予想外のものだったからだ。

つい口に出たというよりは、勝手に口が動いた感じだった。

原因はわかっている。

おそらく俺の中にいるラセル・シン・スタークがそう言わせたのだろう。


「王都に行きたいのか、ラセル」

「え？　あ、うん」

「そうか。シーラに会いに行きたいのだな。そのためにお前は……」


この時、俺は初めてルキソルからシーラという言葉を聞いたような気がした。

妹が何故王都に行くことになったのか。その理由は、俺もラセルも知らない。

おそらくルキソルがずっと秘密にしているのだろう。

それとなく聞き出してはみたが、妹のことになると急に父は口を閉ざした。

だから、これまでまともにシーラのことを聞けなかったのだ。

「思えばシーラが王都に行った後、お前はずっとシーラに会いたがっていたな」

「う、うん」

それとなく話を合わせた。

とうとう父の口から俺の妹について聞けるかもしれないと思ったからだ。

「だが、父は反対だ」

「え？」

「お前の心意気は素晴らしい。シーラを想う気持ちもわかる。でも、父親としてはこの領地でつつがなく暮らして欲しい。お前は大事な跡取りだからな」

一体ルキソルは何がしたいのだろうか。

褒《ほ》めて煽《あお》ったのかと思えば、ここに残れという。

シーラの話題を出してしまったのが悪かったのだろうか。

俺の中のラセルめ。とんでもないことをしてくれたものだ。


「では、こうしよう。明日、父と決闘をしよう」

「決闘……？」

「ラセルが勝ったら、家を出ていくことを認めよう。負けたら、家を継ぐこと……。どうだい？」


俺は即答出来なかった。

ルキソルは強い。最初に会った父親の印象は、いまだに拭《ぬぐ》えていない。

だが、これはチャンスである。

ルキソルに勝てば、大手を振ってスターク家を出ていくことができる。

決闘を受けない理由など、どこにもなかった。

俺は瞳をギラリと光らせる。

父の目に映った子どもの顔は、一匹の獣のようだった。

「わかったよ、父上。やるよ」

「ふむ。その心意気は良いが……」


父は強いぞ。


ルキソルは口角を上げる。

剣を握るような仕草をし、腕を掲《かか》げた。

俺はその時、やっとルキソルの意図に気付く。

すべては口実だったのだ。

ただルキソルは戦ってみたかった。

息子と……。このラセル・シン・スタークと――。

◆◇◆◇◆

ルキソル・シン・スタークは、Bランクの騎士だったらしい。

元々平民の出だったそうだが、武功を上げ、騎士団長まで上り詰め、王から男爵位と小さな領地を賜《たまわ》った。引退してからは領地から出ずに隠棲《いんせい》している。

だが、その身体《からだ》は衰えていない。

鍛え、絞《しぼ》り込まれ、現役《げんえき》時代の筋肉がキープされていた。

貴族となっても、己が王国の剣であることを忘れていない証《あかし》だろう。

圧巻ともいえる信念は、本人も意図しないところで人心を引きつける要因にもなっていた。


「ルキソル様、がんばってください！」

「坊ちゃんも負けるな！」

「あんまり無理しないでくださいよ。明日も農作業があるんですから」

「俺はルキソル様に賭《か》けるぞ。誰か乗る奴はいねぇかあ？」


えっと……。何これ？　領民総出で俺を囲んでいるんですけど。


俺とルキソルの試合は、次の日には何故か領民全員が知るところになっていた。

狭い領地であるから仕方がないとはいえ、こうも早く伝わるとは――。

田舎《いなか》って怖い……。


「父上ですね。みんなに漏《も》らしたのは……」

「ははははは……。見届け人は多いに越したことはないだろう。それにここは田舎だ。みんな、刺激に飢えている。領主として、領民に娯楽《ごらく》を提供するのも仕事のうちだからな」


そんな仕事があったとは初耳だ。

そもそも一番楽しんでいるのは、ルキソルのような気がする。

まあ、いい。ここで大々的に俺が魔法を使うところを見せれば、今後はコソコソ動かなくてすむ。少し早いとは思うが、【村人】ラセルのデビュー戦というわけだ。

だが、どうやら領民たちはルキソルが勝つと思っているらしい。

ルキソルには激励《げきれい》を、俺には同情的な声援が送られている。

さて……。勝負が終わった時、この反応はどう変わるんだろうな。

ちょっと楽しみだ。


「ラセル、これを……」

ルキソルは一振りのショートソードを俺に渡した。

刃が潰されている。おそらく訓練用の剣だろう。

そこそこ重いが、振れないわけではない。

「もう少し軽い物にするか？」

「大丈夫です。問題ありません」

「ハンデとして父は魔法を――」

「必要ありません。本気で倒しにきてください。そうじゃなければ意味がありません」

「わかった。お前がそう望むなら、全力でいこう」


ルキソルは同じショートソードを構えた。

長年鍛錬してきただけある。構えは綺麗《きれい》で、剣が手に吸い付いているかのようだ。

雰囲気《ふんいき》もがらりと変わっていた。剣気が渦巻《うずま》き、細身の父が何倍にも大きく見える。


「ふう……」


俺は一つ息を吐いた。

なかなかにやりがいはありそうだ。

たとえ負けたとしても、得る物は大きいだろう。

負けるつもりは毛頭《もうとう》ないがな。

「構えて……」

老狩人が審判役を担《にな》う。

その声を聞き、ルキソルは正眼《せいがん》に構えた。

対して、俺は腰を落とす。左足を大きく前にし、剣を斜め後ろへと構えた。

『雄牛《おうし》の構え』もしくは『若者の構え』といわれる型である。

血気盛んな雄牛もしくは若者が飛び込む様に似ていることから名付けられた。

この構えから導き出される攻撃は、懐《ふところ》に飛び込んでの切り上げだ。

ほぼ突貫に近く、相手にも攻撃が悟られやすい。

だが、ルキソルとは真っ向からぶつかりたい。

その上で勝利する。

でなければ、強くはなれない。そんな気がする。

そして互いに魔法を唱えた。

【筋量強化】

ルキソルの職業は、【戦士《ウォーリア》】だ。
俺もそれ以外の魔法を使うつもりはない。真っ向勝負でぶち破る。

「はじめ!!」

火蓋《ひぶた》は切られた。
俺は宣言通り飛び込み、さらに魔法を起動する。

【脚力上昇】

大きく土を抉《えぐ》り飛ばしながら、前へと進んだ。
七歩分ほどあった間合いが、一気に狭まる。
気が付けば、ルキソルの懐だ。

さあ、どうでる？

掲げた腕の間からルキソルの眼光が見える。すでに剣が上段にあった。

愚かしくもキルゾーンに入ってきた子鼠《こねずみ》を叩きつぶすつもりだろう。
『若者の構え』は確かに血気盛んな騎士そのものと言える。
だが、極端に上方の防御をおろそかにした構えには、きちんとした利点があった。
つまりは、相手の攻撃もまた読みやすいということだ。

「はっ!!」

気勢を吐きながら、ルキソルは振り下ろした。
速い——が、その剣筋は目論《もくろ》見通りだ。

【超反応】!

感覚を鋭敏化する中級魔法。脳の処理速度を上げる効果を持つ。
すると、ルキソルの剣が急に遅く感じた。
視力も上がり、刃についた微細《びさい》な傷まではっきり見える。

たんっ……。

横に回り、俺は剣をかわす
一瞬ビクリとルキソルが震えるのを確認した。
一刀必殺の魔剣といったところだろうか。
それがかわされ、動揺《どうよう》しているように見えた。
父に出来たわずかな隙《すき》――。
俺は空《くう》に浮かんだ線をなぞるように剣を差し入れる。
がら空きになった腰に向かって薙《な》いだ。

ギィン!!

かろうじてルキソルは剣を受ける。
が、型が崩れた。俺の剣が予想よりも重たかったこともあるのだろう。
硬質な肉体が弾かれ、剣を握ったまま万歳《ばんざい》の体勢になる。
子どもだと抜かったか。それとも慌てて防御に回ったからか。
父は防御《うけ》に失敗した。
今の場面は間違いなく【衝撃耐性】を付加するべきだった。

ルキソルとの距離が離れていく。折角《せっかく》詰めた間合いである。逃がすわけにはいかない。

【脚力上昇】された足が、土を抉った。

一瞬音を置き去りにし、俺は再度父の腹へと斬《き》り込む。

切っ先を振り下げた。


「そこまで!!」


大音声《だいおんじょう》が村に響き渡った。

俺の剣が、父の眉間《みけん》スレスレで止まる。


え？　なんで？


戦いはこれからだろう。

今のだって、ルキソルはギリギリでかわせたはずだ。

俺自身も振りきるつもりはなかった。上段の打ち下ろしは虚剣とし、側面に回り込むであろうルキソルを横薙ぎで迎撃するつもりだったのだ。

一方、広場は水を打ったように静まり返っていた。

途端、怒濤《どとう》のような歓声が小さな領地に響き渡る。


「すげぇぇぇぇぇ!!」

「ラセルが勝った!!」

「あのルキソルに勝ったぞ」

「領主様が手を抜いていたのか」

「いや、そんな風には……」

「もしかして、ラセル坊ちゃんって凄《すご》く強いのか?」


領民たちは戦場に向かって称賛の言葉を投げ入れた。

俺はそれを呆然《ぼうぜん》と受け止めることしかできず、ただただ騒ぎ立てる領民を見ていた。

すると、ルキソルが俺の肩を叩く。


「参ったよ、ラセル。本当に強いんだな、お前は」

「ま、待って下さい、父上。まだやれたでしょ。子どもだと思って手加減を――」

「父を持ち上げてくれるのは嬉しいが、あれが父の全力なのだ」

「さっきのだって、ぼくが使ったような【超反応】を使えば……」

「【超反応】……？　お、お前！　そんな上級魔法を使えるのか？」

はあああああ？？？？？

ちょっと待て。【超反応】って中級だろ？

しかも、中級の中では割と取得ポイントが少ないはずだ。

【戦士《ウォーリア》】で上級魔法といえば、【竜力】【千迅】といった空間干渉すら行える魔法が挙げられる。

魔力制御系を除けば、体内強化系魔法が上級であるはずがない。

だが、ルキソルは感心しきりだった。

「そうか。あれは【超反応】だったのか。捉えたと思ったんだがな」

「な、納得できません、父上！　も、もう一度」

「ダメだ。あと、ついでに言っておくと、領地を出ていくのも許さん」

「なッ!!」

「父がお前に勝つまで、絶対にダメだ！」

「そ、そんな！　勝ったら出ていっていいって」

「勝ち逃げは許さん。ラセル、明日もやろう。次の日も、その次の日もだ」

子どもか!!


しかし、父の目は爛々《らんらん》と輝いていた。

本気で明日も戦うつもりらしい。

さっきの戦いを思い出すように型の確認を行っている。

やれやれ……。

どうやら、俺はルキソルの中にある押してはいけないスイッチを押してしまったらしい。

第5話

EPISODE 05

賢者、成長する

一年が経った……。

俺は日々成長し続け、以前と比べものにならないほど強くなっていた。

貧相だった胸板は、厚くなり、枯れ木のようだった腕にも、しなやかな筋肉が付いている。

背も伸び、体重も増えていた。

村の中を歩くだけで、領民が振り返る。それほどラセル・シン・スタークは変貌《へんぼう》していた。

毎日の筋力トレーニングが功を奏した形だ。

最近では農作業も、魔法を使わずこなせるようになった。

筋力や体格だけではない。

体内に蓄積できる魔力量や出力量も多くなった。

感覚だが、おそらくC級の【魔導士《ウィザード》】ぐらいにはなっているはずだろう。

俺はいつも通り農地へ赴《おもむ》く。道すがら領民たちの会話が聞こえてきた。

「去年一年は過ごしやすかったなあ」

「ああ……。魔獣も出なかったし。人死にが出なくてよかった」


俺はふっと笑った。

魔獣が出ないのは当然だ。

森に侵入してきた魔獣を、俺が片っ端から倒しているからな。

おかげで、順調に実戦経験を積めてきている。

どうやら三百年の間、魔獣の個体数は減少傾向にあるらしい。

昔は森に入れば、ゴブリンやスライムに溢《あふ》れていたものだが、今ではそれすら見つけるのが困難な状況になっている。

魔獣が減少している理由としては、魔力の元となる魔素《マナ》の不足が考えられる。

若干《じゃっかん》だが、昔のガルベールと比べると、大気中に含まれる魔素量が少なくなっているのだ。

魔獣にとって、魔素は人間でいうところの空気である。それが減少傾向にあるということは、ヤツらにとっては死活問題と言っていい。

イッカクタイガーの体軀《たいく》が、俺が知るよりも小さかったり、地中の魔力量が少なかったのも、そのせいだろう。

魔素量の減少が魔族の滅亡と関係があるのかは不明だ。

しかし、あいつらは魔素を利用した魔導技術に長《た》けていた。

無関係と切り捨てることはできない。


俺としても困った問題が起きていた。


スキルポイントが一向にたまらないのである。こればかりは魔獣を倒して稼《かせ》ぐしかないのだが、低級魔獣から得られるポイントなど、たかが知れている。

この一年色々あって、10000あったスキルポイントは空《から》になっていた。

今のままでは万能職とは言いがたい。ポイントを得ることができなければ、全魔法を習得できる【村人】の特性を殺しているといっても過言ではない。

ポイント獲得《かくとく》は、喫緊《きっきん》の課題だ。


しかし、俺はすでに最適解を見つけだしていた。


農作業が終わると、俺は森へと入っていく。

ひたすら深く森の奥へと走っていき、地元の狩人《かりゅうど》すら踏み込まないほど、奥地まで来ると足を止めた。

目の前に現れたのは、洞穴《ほらあな》である。
俺は中をのぞき込む。真っ暗だ。そして静まり返っている。
蝙蝠《こうもり》が羽ばたく音すら聞こえてこなかった。
ただ獣臭《けものしゅう》と、ひやりとした冷たさが、俺の肌を舐《な》める。
【探索者《シーカー》】の魔法を起動した。

【明光】

魔力でできた明かりは、たちまち周囲を明るく照らす。
滑りやすい足場を慣れた動きで進んでいくと、やがて現れたのは結界だった。
誰のものでもない。俺が張ったものだ。
それをくぐり抜けると、徐々にその巨体が露わになる。
頭に鋭い角《つの》を生やした虎の魔獣。一年前、俺が屠《ほふ》ったイッカクタイガーである。
それが三匹……。暗い洞窟《どうくつ》の中で低い寝息を立て、瞼《まぶた》を閉じて眠っていた。

「起きろ、お前たち」

声をかけると、一匹のイッカクタイガーが起き上がった。

鋭い咆吼《ほうこう》を上げる刹那《せつな》、残りの二匹も起き上がり、入ってきた人間を威嚇《いかく》する。

俺は魔獣の前で軽く準備体操を始めた。

【筋量強化】、さらに【鍛冶師《ブラックスミス》】の魔法──【硬質化】を起動する。

握った拳が鋼のように硬くなった。

もうとっくに弓矢は卒業している。こいつらの相手は、この拳だけあれば事足りるだろう。


「さあ、今日の実戦訓練を始めようか、ポチ67号、68号、69号」


イッカクタイガーを数字で呼ぶ。

【明光】の明かりに照らされ、俺と三匹のイッカクタイガーは対峙《たいじ》した。

野生の勘というヤツだろうか。魔獣たちはなかなか襲いかかってこない。

魔獣が俺の強さを認めている証拠である。

それは歓迎すべきことだが、少々じれったい。


ぼふっ！

俺は【魔導士《ウィザード》】の【突風】を足の裏で起動させる。

爆発的な推進力を持って飛び出した。体勢が崩れた身体《からだ》を【戦士《ウォーリア》】の【体幹強化】で整える。一気に魔獣の懐《ふところ》に潜り込んだ。

「がうっ……！」

イッカクタイガーが驚いていた。

全く視界に捉える事ができなかったからだろう。

魔獣には俺が消えたように見えたはずだ。

「があああああああああああ!!!!」

慌てて爪を振り上げる。その動きこそ速いが反応が遅すぎた。

俺がイッカクタイガーの懐に潜行する。すでに攻撃の準備はできていた。

今一度、【突風】を足の裏で全力起動させる。

それに合わせるように、弓のように引き絞《しぼ》った右拳を魔獣の顎《あご》に向かって解き放った。

ごふっ!!
鈍い音が轟《とどろ》く。
子どもの小さな手が、魔獣の頭蓋《ずがい》を貫いていた。
口や鼻から血がほとばしり、割れた顎骨が脳髄《のうずい》まで届いている。
白目を剝《む》きイッカクタイガーは地面に沈んだ。

一撃……。

かつて遠距離戦でしか勝てなかった相手を、俺は素手で打ち倒した。
俺は気を緩《ゆる》めず、他の二匹に向き直る。
残ったイッカクタイガーたちは明らかに猛《たけ》っていた。
仲間を殺された恨みを吐き出すように吠え立て、虎柄の毛を針のように逆立たせる。
やがて一匹が爪を立てて襲いかかってきた。
その軌道を確実に見切り、俺はギリギリでかわす。
魔獣を誘い込むと、巨軀《きょく》の側面へと回った。
手を体毛に押し当て、魔力を込める。

「ぐごごごおおおおおおお!!」
イッカクタイガーは悶絶《もんぜつ》する。
突然、目、鼻、口から炎を吐き出した。
むろん命などない。内部を黒焦げにされ、悲鳴を上げることなく魔獣の命は絶たれた。
【魔導士《ウィザード》】の【初炎】。
初級の魔法で、本来イッカクタイガーの毛を燃やすこともできないほど弱い。
だが、俺は接近し、魔獣の体内で魔法を起動させたのである。
効果はご覧の通り。Cランクの魔獣をまたしても一撃で倒してしまった。
遠距離戦を主とする【魔導士《ウィザード》】では、一生かかっても思いつかない戦法だ。
「残りはお前だな、ポチ67号」
俺は来いとばかりに手で挑発する。

怯《ひる》むかと思ったが、魔獣の戦意は落ちていない。

爪を立て、牙を剝《む》きだし、俺に飛びかかってきた。


「良い子だ……」


ニヤリと笑いながら、魔獣の爪あるいは牙や角の攻撃をかわす。

俺は魔獣と交錯《こうさく》するたびに拳を突き入れた。

灰色の毛が、血に濡れ、真っ青に染まっていく。

それでも、最後までイッカクタイガーは倒れなかった。

虫の息になっても、俺の方に鋭い眼光を浴びせてくる。

頃合いだ。俺は手を掲《かか》げ、【聖職者《クレリック》】の魔法を起動した。


【安眠】


文字通り、相手を眠らせる魔法である。

ただ【睡眠】と違って、この魔法には自動回復が付与されている。

ポチ67号の瞼《まぶた》が徐々に閉じていった。あれほど倒れることを拒《こば》んでいた魔獣は、ドスッと重い音を立てて、あっさり眠りにつく。借りて来た猫のように大人しくなった。

スキルポイントが付与される。

二匹合わせて、120ポイント。

少ないように見えるかもしれないが、スライムやゴブリンの百倍である。

二匹のイッカクタイガーを倒し、一匹を戦意喪失《そうしつ》させた。

実戦訓練はこれで終わりかといえば、そうではない。

俺は【安眠】によって完全回復したイッカクタイガーの背中に手を置く。

【鍛冶師《ブラックスミス》】の魔法を起動した。


【複製】


手を置いた対象を複製するための上級魔法だ。

この魔法を覚えるだけで、ギフトでもらった10000ポイントの大半を失ってしまった。

だが、その恩恵は大きい。

【複製】は本来、武具や道具を複製する魔法だが、魔獣を複製できることを知るものは少ない。

いや、俺以外知る人間はいないだろう。

何せ好き好んで魔獣を複製する者など、俺ぐらいなものだろうからな。

「今日はこれぐらいにしておくか……」

俺は二匹のイッカクタイガーを複製し、今日の訓練を終えた。
【複製】は対象が大きい程、魔力を使う。
現状で、イッカクタイガーがギリギリの大きさなのだ。
成果はあった。この方法で俺は、取り逃していた初級魔法をすべて獲得《かくとく》する。
たかが初級魔法というが、俺の年齢でそのすべてを修めることはほぼ不可能である。
そもそも七歳児が、イッカクタイガーを素手で倒している自体が異常だろう。
だが、この後の中級、上級はさらにポイントが必要になる。
イッカクタイガーではかなり効率が悪い。
その問題を解決する最適解が必要だ。

そして、すでに俺はその問題もクリアしていた。

第6話

EPISODE 06

賢者、害虫を駆除する

俺は屋敷がある領地から少し離れた村にやってきていた。

家が七、八軒立ち並ぶ小さな村である。

一応、スターク領の領民ではあるそうなのだが、自治は村の人間に任せている。

その領地から救援要請があり、ルキソルの名代で俺がやってきたという訳だ。

村に入り、村長宅を探していると、子ども連れの老人と若い男が口論をしていた。

前者は村の村長で、後者はどうやら冒険者のようだ。

冒険者は上半身だけを鎧《よろい》で覆《おお》い、革靴《かわぐつ》には円盤状の輪拍《りんぱく》がついている。得物《えもの》は槍である。


「子ども……？」


若い男は俺を見るなり目を細める。続けて、軽薄そうな笑みを浮かべた。

村長も気づき、俺の方に顔を向ける。

後ろで村長の袖《そで》にしがみついていたのは、俺よりも年下の少女だ。

キョトンとした顔で、こっちを見つめている。

俺は丁寧《ていねい》に頭を下げた。

「隣のスターク領から来ました。ラセル・シン・スタークです」

「ああ……！　ルキソルさんの息子さんか」

村長の顔が途端ほころんだ。

バタバタと近付いてくると、俺の手を握る。

「よく来てくれた。で……。お父さん——ルキソルさんはどうした？」

「すみません、父は来られません」

「な、なんだって!?」

村長はそのまま心臓が飛び出すのではないかと思うほど、飛び上がる。

声は後ろに広がる村に響くと、閉めきっていたはずの住居の扉の一つが開かれた。

子どもが顔を覗《のぞ》かせる。だが、慌てた様子の母親が再び閉めてしまった。

俺はあることに気づく。
村長も、しがみついている少女も、みんな【村人】なのだ。
おそらく、【村人】だけで共同体を形成しているのだろう。

なるほど、【村人】の村か……。

そんな村に、数日前から飛竜――ワイバーンが襲撃してくるようになったらしい。
すでに家畜が三匹と一人の死亡者という被害が出ていた。
一見してわかるほどの貧乏村には、ギルドに渡す報酬《ほうしゅう》などどこにもない。
困った村の代表は、領主であるルキソルに助けを求めたというわけだ。

「父は今、腰痛でベッドから出られないので、ぼくが代わりに来ました」

嘘のように聞こえるかもしれないが、本当のことだ。
息子に負けてからというもの、ルキソルは火が付いたように鍛錬に明け暮れていた。毎日のように俺に挑戦状を叩きつけ、その度《たび》に子どもに負かされている。くわえて日頃の畑仕事もあり、明らかなオーバーワークだった。

結局、身体《からだ》の方が先に悲鳴をあげ、ベッドから起きあがれなくなったというわけである。


「一応、聞くが……。ラセルくん、君の職業は？」

「【村人】です」

「な、なんてことだ……」


村長はがっくりと肩を落とした。

その村長と入れ替わるように、若い男は笑う。

「ひゃはははははは！　なんだ？　救援要請してやってきたのが、ガキ一人？　しかも【村人】？　ぎゃははははは！　これは傑作《けっさく》だ。どうやって、ワイバーンを倒すっていうんだよ！」


顔面を変形させ、男は笑い転げる。

がっくりと項垂《うなだ》れる村長の肩に手を回すと、悪魔のように囁《ささや》いた。

「で？　どうよ、村長さんよ。もうわかったろ？　現実ってもんをよ。意地を張ってないで、出すもん出せば助けてやるっていってるんだ？」

村長に見えるように指で「〇」を作り、金を要求する。

見かねた俺は男に尋ねた。


「おじさん、誰？」

「オレか？　オレは正義の味方さ」

「正義の味方？」

「たまたま村の近くを通ってな。聞けばワイバーンに困っているというじゃないか。だから、お兄さんが村の人を助けてあげようとしているんだよ」

「なのに、なんでおじいさんは困ってるの？」

「魔獣退治は危険なお仕事なんだ。さすがにタダとはいかない」

「正義の味方なのに？」

「正義の味方だって食えなきゃ魔獣と戦えない。お金が必要なんだよ」

男は喜劇役者のように大仰《おおぎょう》に振り返った。

いまだ肩を落とし、顔を青ざめさせている老人に迫る。

「よう、じいさん。いくらなら出せるんだい？」

「金は…………………………出せん……」

「は？」

「この通りだ。頼む。村をワイバーンから救ってくれ」


村長は膝をつき、土下座《どげざ》した。プライドをかなぐり捨て懇願《こんがん》する。

その一生に一度あるかないかぐらいの行動に対して、男はひどく冷めていた。

老人を足蹴《あしげ》にすると、さらに泥を引っかける。

今度は拳を振り上げると、村長に引っ付いていた少女が男の前に躍り出た。


「なんだよ、嬢ちゃん？」

「こ、これ……」


差し出したのは、綺麗《きれい》な野花の束だ。

小さな少女の手の平に、白や黄色、青色の花が咲き乱れている。

「お金はないけど……。これ、あげる……」

少女は涙ながら訴えた。

曇っていた男の顔に、一転してお日様のような優しい笑みを浮かぶ。

「ありがとう、お嬢ちゃん」

男は花を受け取る。

受け入れてくれた、と少女は思い、顔を輝かせた。

だが、男はパラパラとすべての花を地面に落とすと、輪拍がついた革靴で足蹴にした。

茎《くき》は折れ、花びらが散り、可憐《かれん》な色は泥にまみれる。

少女は何が起こったかわからなくなり、引きつけを起こし震え始めた。

顔は青白くなり、目には涙を浮かべている。

「馬鹿か、クソガキ！　花でお腹が膨《ふく》れんのかよ!!」

男はさらに少女に殴《なぐ》りかかる。

パシィン!!


鋭い音が響いた。

男の拳打を止めたのは、俺だ。

「おじさん、そのぐらいにしたら」

「て、てめぇ……」

男は押したり、引いたりするが、びくともしない。

俺の筋力は、完全に目の前の男に勝り、制していた。

「離せよ、クソガキ!!」

男はとうとう槍を握る。ヒュッと空気を切り裂いた。

俺は少女とともに、後ろに下がる。

「ガキィ、舐《な》めた真似《まね》しやがって」

「舐めた真似をしてるのはそっちでしょ、おじさん。困っている人を助けるのが、正義の味方じゃないの」

「うるせぇ!!　……ああ！　もういいわ!!　めんどくせぇ!!　この村の人間、ぶっ殺してやる!!」


男は槍を掲《かか》げると、大きな声を上げて叫んだ。

「来い！　ワイバーン!!」


瞬間、大きな影が太陽を隠した。

空を見上げると、ワイバーンが飛んでいた。

禍々《まがまが》しい蝙蝠《こうもり》羽。馬より長い首をぐねぐねと動かしている。

鋭い嘶《いなな》きを上げると、空気が震えた。

男は掲げた槍を回すと、その動きに合わせ、ワイバーンがぐるぐると上空を旋回する。

まるで男が操作しているように見えた。

いや……実際操作しているのだろう。

【学者《プロフェッサー》】の魔法──【魔物使い《テイマー》】。

男はおそらく魔獣使いだ。しかも……。


「おじさん、竜騎士だね」

「よく知ってるな、ガキ。だが、今さら謝ってもダメだぜ。全員殺すって決めたからな」

「ねぇ、おじさん教えてよ。竜騎士って結構身分が高い人がなれるんだよね。お金に困ってないのに、なんでこんなことをしてるの？」

「決まってんだろ？　ストレス解消さ？」


はっ？


「俺は、五日前に騎士団をクビになってな。だから、ウジ虫みたいに生きてる【村人】をぶっ殺して楽しんでいたのさ」

「そんなこと許されると思ってるの？」

「何をいっちょまえに怒ってんだよ、クソガキ。いいに決まってんだろ？　この村に住んでるヤツのほとんどが【村人】だ。生きていても何の益にもならねぇ害虫なんだよ、こいつらは。害虫は駆除《くじょ》しなきゃな、ぎゃはははははは!!」

男の下品な声が、村中にこだました。

その間もゆっくりとワイバーンは旋回する。

徐々に高度を落とし始め、俺たちの方に近づいてきた。

「竜から逃げ惑う【村人】の姿はなかなか傑作だったぜ」

「そんなこと聞いてないよ」

「うるせぇよ。今、ここでお前にも見せてやる。【村人】が逃げ惑う姿をな!!　やれ、ワイバーン!!」

竜騎士は再び槍を掲げた。

ワイバーンが顎門を開けて、急降下してくる。

空気を切り裂き、咆吼《ほうこう》を上げた。

村長は咄嗟《とっさ》に少女をかばう。


ばくぅ!!

鮮血が飛び散る。

だが、それは俺や【村人】たちではなかった。

「え？　あ……？」

何が起こったかわからず、竜騎士はきょとんとしていた。

ゆっくりと朱に染まっていく己の身体《からだ》を見つめる。自分の手を確認しようとするも、どれだけ手を振っても、自分の手が現れないことに気づいた。

槍もなくなっている。代わりに腕の先からドクドクと赤い血が流れていた。

「ぎゃあああああああああ!!」

下品な悲鳴が村を貫く。男は血だまりに足を取られ、素っ転んだ。

自分の血に溺《おぼ》れるようにバシャバシャと暴れ回る。

「血！　血ぃ……。か、回復!!　回復!!」

道具袋から回復薬を取り出そうとする。

だが、血で手が滑り、瓶《びん》に入った回復薬を地面に落とした。

あっさりと瓶は砕《くだ》け、地面の血に混じると、冒険者はさらに喚《わめ》き立てる。

その前に現れたのは、俺だった。


「おじさんが竜騎士だってことには気づいていたよ」

「な、なんだと？」

「全部あの子に聞いたんだ」


俺が指差す先にいたのは、例のワイバーンだった。

もごもごと顎《あご》を動かした後、ペッと何か吐き出す。竜騎士の槍が地面に突き刺さった。


「ここに来る前にね。森で出会ったんだよ」


森で待機しているのを、発見した俺は、竜が竜騎士に飼われていることに気づいた。

人間が跨《また》がるところに、痛々しい輪拍の痕があったからだ。

俺は【学　者《プロフェッサー》】の【獣語解読】で事情を聞いた。

その後、【魔物使い《テイマー》】を使い、俺のものにしたのだ。

その証拠を見せるため、俺は軽く手を振る。

竜騎士が見せたようにワイバーンは旋回を始めた。

さっき竜騎士の指示に従ったのは、そのように振る舞うように俺が命令していたからだ。

「いい竜だね。おじさんと違ってひねくれていないし」

「お、俺の竜を……。ワイバーンを乗っ取ったというのか。お前、一体何者だ!?」

「ラセル・シン・スターク。【村人】だよ。おじさんみたいな害虫が大嫌いな、ね」

俺はさっと手を振ると、ワイバーンは再び急降下を始めた。

紅蓮《ぐれん》に染まった口内を開く。その照準はもちろん元主の方へと向けられていた。

「ひぃ!!　ひぃいいいいいいいいい!!」

竜騎士は血をまき散らしながら、村とは反対方向に走り出した。

その後をワイバーンが追いかける。

「おじさん、大好きなんでしょ。逃げ惑う人間が？　傑作《けっさく》っていってたよ。だったら、自分で試してみるといいよ。それがどれだけ愚かなことかをね」

「いやだ！　死にた――――」


瞬間、冒険者は赤い炎に包まれた。

悲鳴も、断末魔《だんまつま》の声も、すべて呑《の》み込まれる。

鎧《よろい》すらあっという間に溶かされ、竜騎士は消滅した。

◆◇◆◇◆

「もう人間を襲っちゃダメだよ」

飛竜の鼻の頭を撫《な》でながら、俺は命令する。

首にかかっていた手綱《たづな》をほどき、そしてそのまま解き放った。

ワイバーンは手を振るように旋回すると、そのまま黄昏《たそがれ》の空に消えていく。

その姿を見送ると、村長が進み出てきた。

「ありがとうございます、ラセル坊ちゃん。あと、疑って申し訳ありません」

「ううん。気にしてないから大丈夫」

「その……。報酬《ほうしゅう》のことですが……」


村長は顔を曇らせる。すると、俺は背中を向けた。

しゃがみ、地面の花に目を落とす。竜騎士に踏まれ、無残に散った花々である。

一本一本丁寧《ていねい》につまみ上げると、魔法を起動した。


【小回復】


花びらが散り、茎《くき》の折れた花々が元に戻っていく。

しばらくして、綺麗《きれい》な姿を取り戻していた。その花を繋《つな》げ、花輪を作る。

昔、孤児院にいた時によく作っていた。子どものプレゼントの定番だ。

出来上がった花輪を少女の頭に載せる。

少女の顔がさらに華やいだ。


「ありがとう、お兄ちゃん」

一瞬、少女と妹のシーラが重なる。

同時に、俺の中のラセルが反応するのがわかった。

俺は少女の頭を撫《な》で回す。ルキソルが息子の頭を撫でるようにだ。

やがて一本だけ残った花を胸ポケットに差した。


「報酬は結構です」

「え？　いいんですか？」

「十分もらいましたから」


俺は胸に差した花を軽く叩く。

そして村を後にした。


「お兄ちゃぁぁぁああああんん！　また来てねぇぇぇぇ！」

そう叫ぶ少女は、俺が地平線の彼方《かなた》に消えるまで手を振り続けていた。

第7話 EPISODE 07 賢者、七歳にしてBランク魔獣を生み出す

早朝――。
剣戟《けんげき》の音が屋敷近くの森の中で響いていた。
朝靄《あさもや》が森を包み、空気はひんやりとしている。
それでも身体《からだ》を激しく動かすには、ちょうどいい気温だ。
事実、打ち合う二人の額には、玉のような汗が浮かんでいた。

ギィン！

剣を打ち合っているのは、ルキソル。
そして俺――ではなく、ボルンガである。
ふとっちょの子どもの実力は、対戦者に遠く及ばない。防戦一方だ。
当然真剣勝負ではない。

ルキソルが出す斬撃《もんだい》に対し、ボルンガが斬撃《こたえ》を返す。指導を兼ねた模擬試合を繰り広げていた。

「そうそう。もっと打ち込みにメリハリをつけろ。打つ時は打つ。虚剣を入れる時は、とことん相手を騙《だま》せ。だが、決して力は抜くな。抜かない振りをするんだ」

さすがかつては騎士団長だけあって、ルキソルの指導はなかなかに的確だ。
対する生徒も——あまり誉《ほ》めたくはないが——筋がいい。
子どもだからか、みるみるルキソルの剣を吸収していった。
だが、ボルンガには重大な欠点がある。

「はあ……。はあ……」

息を吐くと、剣が一瞬止まった。
その隙《すき》をルキソルが見逃す訳がない。
刃引きされたショートソードで、思いっきりボルンガの腹を突いた。

「うげっ！」
悲鳴を上げながら蹲《うずくま》る。
ボルンガには、絶望的にスタミナがない。
昔と比べれば随分《ずいぶん》と身体は引き締まったが、とにかく体力がないのだ。
今まで魔法にばかり頼って、体力面の強化を怠《おこた》ってきたツケだろう。
「基礎体力はまだまだだな。だが筋はいいぞ。どっかの誰かさんと違って素直だしな」
ルキソルは「がはははは！」と笑う。
切り株の上で座って見学していた俺を見つめた。
おいおい……。誰が素直だって？
ルキソルよ。その子どもは、お前の知らないところで息子《ラセル》をいじめていたんだぞ。
やれやれ、と俺は肩を竦《すく》める。
どうして、ルキソルがボルンガを鍛えているのか。

それは一年前に遡《さかのぼ》る。

俺の強さを目撃したボルンガは、父に弟子にしてほしいと懇願《こんがん》した。

当時、俺を倒すことに年甲斐《としがい》もなく躍起《やっき》になっていたルキソルだったが、同じく俺より強くなりたいと考えているボルンガに同調する。

今では、『ラセル復讐《ふくしゅう》同盟』なるものを発足させ、息子よりも仲のいい関係になっていた。


そのおかげかどうかは知らないが、ボルンガは一年前とは顔つきが変わっていた。

心なしか、表情も明るくなっている。

それも、ルキソルと関わるようになってからだ。

父には何故か不思議な魅力がある。

俺よりもずっと弱いが、人を引きつける何かがあった。

ボルンガもその一人といえるだろう。

昔つるんでいた連中とも遊ばず、密かに鍛錬をしているのを俺は知っている。

俺から見れば、非効率なトレーニングだが、強くなろうとする本気度だけは、認めてやらねばなるまい。


「父上……。そろそろぼくの――」

「い・や・だ！」

「な、何故？？？？？」

「ラセルは本気を出さないからイヤだ」

子どもみたいなことを言い始め、駄々をこねる。

おい……。おっさん。お前、何歳だよ。

「父はボルンガと一緒に強くなるのだ。な！　ボルンガ」

「あ！　はい！」

「一緒にラセルを叩きつぶそう！」

「「おお!!」」

がっしりと肩を組み合う。

おい。なんか自分の息子よりも仲良くないか、お前ら。

◆◇◆◇◆

俺は朝のロードワークを終えた。

いつも通り、小川で顔を洗い、汗を拭《ぬぐ》う。

遠くの方で木こりが木を切る音が響く中、子どもの声が聞こえてきた。

駆け寄ってみると、俺と同い年の領民の子どもが集まっている。

その中心にいたのが、ボルンガだ。周りにいるのは、その元舎弟《しやてい》。今は、俺に金魚の糞《ふん》みたいにくっついてきている。

やっぱり、隠れてまた何か悪さでも企《たくら》んでいるのだろう。

聞き耳を立てると、予想していたものとは一八〇度違っていた。


「おいおい。どういうことだよ、ボルンガさんよ」

「なんで、ボルンガがルキソルさんと仲良くなってるんだ」

「ルキソルさんは、ラセルさんのお父さんだぞ」

「えっと……。えっと……。おかしい!!」

かつてのガキ大将に向かって凄《すご》んでいる。

対し、ボルンガは正座をし、何も言わずじっと耐えていた。

「なんとか言ったら、どうなんだよ？」

一人が、ボルンガを蹴《け》り飛ばした。なかなか腰が入ったいい蹴りだ。

何せ俺が教えているからな……。

あいつらには、護身程度だが体術を仕込んである。

その技術を物言わぬ元ガキ大将に容赦《ようしゃ》なく向けていた。

「ぐっ！」

吹き飛ばされたボルンガは、それでも抵抗しなかった。

泥だらけになり、亀の子になってでも、仕返しをしようとしたりしない。

ルキソルに鍛えられ、自分でも自主トレしているボルンガの実力は、取り巻きを一蹴《いっしゅう》する
ほど強くなっている。正面切って戦えば、勝敗はあっという間に付くだろう。

打ち身が鬱血《うっけつ》し、こめかみからは血が流れていた。

それでも、ボルンガは何もしない。


「どうしたよ、ボルンガさんよ」

「なんで抵抗しねぇの？」

「馬鹿じゃないの、こいつ」

「えっと……。えっと……。もうこれぐらいで——」


すると、ボルンガは口元を拭う。

口内に滲《にじ》んだ血をペッと吐き出した。

いよいよ反撃か……。

と思われたが、ボルンガは決して姿勢を崩そうとしない。


「おれ様は誓った」

「は？」

「ルキソルさんと約束したんだ。おれ様は人に暴力を向けたりしない」

「何いってんの？」

「一年前、あんだけラセルさんをいじめてたくせに」

「そうだそうだ！」

「えっと……。えっと……。もういいんじゃないかな？」

「殴《なぐ》りたかったら、殴れよ。おれ様は手を出さないから。でも……。出来れば、手と腕は殴らないでくれ」

「ぎゃははは！　――てことは？」

「私刑決定？」

「いいじゃん。いいじゃん。俺、昔からボルンガのこと嫌いだったんだよね」

「えっと……。えっと……。みんな、やめ――」

「「「お前はすっこんでろ!!」」」

一人の元舎弟を脇に追いやる。

残った三人はたちまちボルンガを囲んだ。

後は、殴る蹴るのオンパレードである。

「ほら！　殴ってみろよ」

「昔みたいによ」

「おい！　どうした、ボルンガさんよ！」

挑発する。

ボルンガもいよいよ我慢の限界らしい。

おもむろに立ち上がると、顔を真っ赤にして元舎弟たちを睨《にら》む。


「おうおう。やるか？」

「ルキソルさんとの約束はどうするんだよ？」

「ほら。おいらの頰《ほお》はここだぞ」

舎弟たちは自ら顔を突きだし、さらに煽《あお》り始めた。

ボルンガは息を吸い込み、腕を振り上げる。

とうとう約束を破るのか、と思った。


どすん……。


寸前で拳を収めると、また地面に座り込んだ。

奥歯をギュッと嚙《か》みしめ耐える。

子どもたちはまた下品に笑い、暴行を再開した。

ボルンガは亀の子になり、必死に手を庇《かば》っている。

その意志は本物だ。

少なくとも俺にはそう思えた。


やれやれ……。見てられないな！


俺は剣気を放つ。

己の気配に、殺意、さらに魔力をのせた。

すると、大気が震え、一陣の突風が梢《こずえ》を揺らす。

ボルンガに向けていた拳が止まった。

強烈な殺意に、子どもたちは縮み上がる。

俺の姿を発見すると、一同の顔はたちまち蒼白になった。

「面白いことをしているね、君たち」

「ら、ラセル…………さん」

「え、ええ……」

「そうでしょ。ら、ラセルさんも一緒にどうっすか？」

「えっと……。えっと……。ぼ、ボクは何もしてないよ」

「そうだね、ぼくも混ぜてもらおうか」


俺はにこやかに笑みを浮かべ、ボルンガの前に立った。

その頰は腫《は》れ上がり、ただでさえ大きな顔が膨《ふく》れあがっている。


「無様《ぶざま》だね、ボルンガ」


正直、自業自得《じごうじとく》ではある。

昔、【戦士《ウォーリア》】の力を振るい、人を従わせてきたツケが今さら回ってきたのだ。

けれど、だからといって人間を殴る理由にはならない。

こいつが、かつてラセルに暴力を振るっていてもだ。


「なあ、ボルンガ。君の誓約は、こうだったよね。人に、暴力を振るったりしない」

「あ、ああ……。それがルキソルさんとの約束だ」

「そうか。じゃあ、人じゃないならいいんだね」

「は？」

俺は【探索者《シーカー》】の魔法を起動する。

【変身】

魔法を舎弟たちに向ける。

たちまち身体《からだ》が変化し始めた。

大きな鼻。小さな耳と、尻尾《しっぽ》。

体表の色はピンクに変わると、前屈みになり、地面に手を突いて四《よ》つん這《ば》いになる。

「ぶひぃ!!　ぶひぃぃい!!」

下品な声が山林に響く。

全員醜《みにく》い豚になっていた。

（な、なんじゃこりゃ!!）

（どういうこと!?）

（ラセルさん！　何を――）

（えっと……。えっと……。ボクもなの？）


何かいっているようだが、俺にはわからなかった。

【獣語解読】を使えばわかるだろうが、魔力がもったいない。


「これならどう、ボルンガ……」


すると、ボルンガは立ち上がった。

ゆっくりと【筋量強化】を起動する。

見事だ。昔はだいぶ荒削《あらけず》りだったが、一年間ルキソルから教わることで、魔力を上手《うま》くコントロールすることができるようになったらしい。

無駄なく【筋量強化】の魔法を、全身に行き渡らせていた。

豚となったかつての舎弟たちの前に立ちはだかる。

その横に、俺も並んだ。

「お前もやるのか？」

「言っただろ？　ぼくも混ぜてって……」

（ちょ！　ラセルさんも！）

（混ざるってそういうことなの！）

（いや！　いやだぁぁぁああ!!）

（えっと……。えっと……。もうどうにでもなれ!!）

「なんか言ってるぞ？」

「さあ……。どういうわけか、たった今【獣語解読】の魔法を忘れちゃったよ」

「【獣語解読】って言ってんじゃねぇか」

ボルンガと俺は、同時にニヤリと笑った。

ボキボキと指の骨を鳴らしながら、哀れな豚共を囲む。

「「覚悟しろよ、お前ら」」

ぶひぃぃぃぃいいいいいいいいいい!!

豚の悲鳴が、早朝のスターク領に鳴り響いた。

◆◇◆◇◆

「おい。動くなよ」

「お前の【小回復】の魔法の圧が強すぎるんだよ」

俺はボルンガに【小回復】の魔法を施《ほどこ》す。

腫れた顔が次第に引いていき、細かな傷も消えていった。

魔法を起動しながら、俺は尋ねる。

「ボルンガ。君は強くなりたい？」

「ああ。お前よりもずっとな」

「ぷっ！」

「何がおかしい……」

「やっぱりボルンガは、ボルンガだなって思ってさ」

ルキソルといる時は素直なくせに、俺と二人っきりになると、途端に昔に戻るんだよな。虚勢を張るというか。言い方が素直じゃないんだ。

「ぼくが強くなれる場所に連れてってあげるといったら、君はどうする？」

ボルンガは顔を上げる。

やがて、うんと頷《うなず》いた。

「行く……！」

その目には強い決意が込められていた。

◆◇◆◇◆

俺は、父とボルンガを例の洞窟《どうくつ》に招く。

ちなみにルキソルが同伴しているのは、ボルンガが口を滑らせたからだ。

二人は中に入るなり、顔を引きつらせる。

洞窟内は、魔獣の巣窟《そうくつ》になっていた。


「オーガに、ポイズンバッド、ワーウルフまで――」

「ラセル……。これはどういうことだ？」

「ぼくが作ったダンジョンですよ」

「「だ、ダンジョン!!」」

「周辺の魔獣を集めて、ここで増やしていたんです。心配しないで下さい。洞窟全体に【結界】の魔法が敷設《ふせつ》されています。魔獣がここから出ることはありません」

呆気《あっけ》に取られ、ルキソルもボルンガも、声も出ないようだ。

二人はそれぞれのフロアに集められた魔獣たちを見回す。

種族ごとに【結界】で区切られ、少しメルヘンチックに喩《たと》えるならば、魔獣の動物園みたいになっていた。


「森の奥に入って何かをしていたのは知っていたけどよ……」

「ああ。これは予想外だ」

ごくりと、ボルンガとルキソルは息を呑《の》んだ。

「戦ってみますか、父上?」

「良かろう」

「ボルンガはどうする?」

「望むところだ。スキルポイントを溜めて、お前が持っている魔法よりも強い魔法を習得してやる」


二人とも気合い十分だ。

では、最初はこいつらぐらいか。俺は【結界】の一部を解いた。

唸《うな》りを上げながら、現れたのはグレイウルフである。

D級の魔獣。体躯《たいく》こそ野犬より一回り大きい程度だ。

少々迫力にかけるが、その俊敏性はイッカクタイガーよりも上。

牙と爪は一噛《ひとか》みで牛の頸動脈《けいどうみゃく》を噛み切るほど鋭利だった。

それが四匹。

【結界《おり》】から放たれ、猟犬のように唸《うな》りを上げる。
剣を構えるルキソルとボルンガに向かった。

「来るぞ、ボルンガくん。抜かるなよ」
「は、はい……」

さて……。俺は高みの見物といこうか。

◆◇◆◇◆

「絶対ラセルに勝つ!!」

謎の気合いの言葉を叫ぶ。
それが功を奏したのかは知らない。
ボルンガの剣は一匹のグレイウルフに届く。
喉《のど》を切り裂かれた魔獣は、その場でもんどり打った。
やがて目から光を失うと、絶命する。

四匹のグレイウルフの死体が地面に転がっていた。全滅である。
待望のスキルポイントを獲得《かくとく》しながら、ボルンガは尻餅《しりもち》をつき、肩で息をする。
ルキソルも、久しぶりの実戦の感触に戸惑いつつ、額の汗を拭《ぬぐ》った。
大した怪我《けが》もなく、終わってみれば完勝だ。
まずはよくやったと褒《ほ》めてやろう。

「どうだ、ラセル！　おれ様も魔獣を倒すことが出来たぞ」

あー。あー。凄い凄い。
お前は天才だよ、ボルンガ（棒読み）。

「もっと強い魔獣を出してもいいぜ」

元ガキ大将様は自信満々なご様子だ。
そうか。なら、とっておきを出してやるか。
俺は【結界】を解いた瞬間、地響きが洞窟の奥から聞こえてくる。
やがて闇が揺らいだ。

最初に目撃できたのは、巨大な角《つの》。さらには、白と黒の虎模様。
大きな顎門《あぎと》を猛々《たけだけ》しく開き、曲刀のような牙が光っていた。

「あ……。あわわわわわわ……」

ぺたんとボルンガは、再び大きな尻を地面につけた。
ルキソルも驚き、声も上げられずにいる。
Cランク魔獣――イッカクタイガーが出現した。

「戦ってみるかい、ボルンガ？」

尋ねると、首がねじ切れるのではないかと思うぐらいボルンガは頭を振った。
森での事件からまだ一年しか経っていない。
あの時のことは、まだまだ鮮明に覚えているはずだ。トラウマも癒《い》えていないだろう。
一方、ルキソルはあることに気付いた。

「ラセルよ……。通常のイッカクタイガーよりも大きく見えるが……」

そのとおりだ。

今、目の前にいるイッカクタイガーは、俺が一年前に仕留めた個体よりも一回り大きい。

だが、三百年前はこれぐらいの大きさが普通だった。

このイッカクタイガーは作物にも用いた【身体活性】を使って、俺が大きくしたものだ。

まさか馬鈴薯《じゃがいも》の一件が、こんなところで役立つとはな。

「イッカクタイガーを育てるなんて。ラセルはとことん自分を強くしたいらしいな」

「違います、父上」

「ん？　このイッカクタイガーを倒して、スキルポイントを獲得するのではないのか？」

「もうイッカクタイガーぐらいじゃ、魔法は取得できない。……だから、この魔獣にはもう一段階強くなってもらう」

「もう一段階？　どういうことだ？」

俺は黙って、【魔導士《ウィザード》】の魔法を起動する。

【収納】

何もない空間から現れたのは、飛竜――ワイバーンである。

【収納】は別空間内に道具や武具などを保存できる魔法だ。このように魔獣を保存することも出来る。俺は領地周辺で翼を休めていた飛竜を見つけ、【収納】の中に閉じこめておいたのだ。

眠っていた飛竜はやがて目を覚ます。

上瞼《うわまぶた》と下瞼《したまぶた》をパチパチと動かし、周囲の状況に驚いていた。

慌てて長い首を持ち上げ、翼を広げて飛び立とうとする。

が、そこに大空はない。洞窟の天井にぶち当たると、悲鳴を上げて落下した。

その様子を見ながら、励《はげ》ますようにイッカクタイガーが吠える。

うるせぇ、といわんばかりに、ワイバーンも嘶《いなな》いた。

魔獣のコントを見ているようだ。

しかし、後ろの二人には笑えない状況だったらしい。


「るるるる、ルキソルさん！　イッカクタイガーとワイバーンが同時にいますよ！」

「おおおお、落ち着け、ボルンガくん。れ、冷静に冷静になるんだ」


二人はひしと抱き合いながら、身を震わせる。

まるで親子みたいに仲がいい。
子どもの前で、なかなか見せつけてくれる。
心配しなくても、二人に指一本触れさせはしない。

「こ、この二匹にはな、……」

すかさず俺は【鍛冶師《ブラックスミス》】の魔法を起動した。

【合成】

イッカクタイガーとワイバーンが緑色の光に包まれる。
両者は徐々に近付き、ルキソルとボルンガのようにくっついた。
さらに光が増し、二匹の魔獣が光の塊《かたまり》の中で溶け合う。
すると、別の形へと変化した。

「こ、これは……!!」
「ひ、ひぇぇぇぇぇ!」

ルキソルが驚けば、ボルンガは情けない悲鳴を上げる。

光の中から現れたのは、しなやかな四肢《しし》と爪だった。

さらに蝙蝠《こうもり》のような翼。大蛇の尻尾《しっぽ》。そして獅子の相貌《そうぼう》が現れた。


「があああああああああああああ!!」


獣の吠声《はいせい》が洞窟《どうくつ》に響き渡ると、ビリビリと岩肌を震わせた。

魔獣の名はキマイラ。

イッカクタイガーやワイバーンよりも遙《はる》かに強いBランクの魔獣である。


「予想以上の成果だな」


俺はニヤリと笑う。

【鍛冶師《ブラックスミス》】の魔法——【合成】。

本来は金属や薬草などを合成させる魔法だが、魔獣や野生の獣にも使用することが出来る。

【複製】と同じくこれも前世で学んだことだ。

【合成】も上級魔法である。獲得ポイントはトップクラスに高い。このスキルを得るために、俺がどれだけこの一年間イッカクタイガーを倒したか、考えるだけで頭がクラクラしてくる。

上級魔法だけあって、魔力の出力量も半端ではない。体内に蓄積できる魔力量は、この一年で飛躍的にアップしたが、一気に空《から》になってしまった。

俺はあらかじめ用意しておいた魔力回復薬を呷《あお》る。

若干《じゃっかん》酒精が入っているそれは、子どもの身体《からだ》にはちょっとキツい。

だが、魔力を精製する魔力回路が、慌ただしく動き始めるのを感じた。

魔力が漲《みなぎ》ってくるのがわかる。

「よし！　来い!!」

「があああああ!!」

俺は覇気《はき》を放つ。呼応するようにキマイラが襲いかかってきた。

大きく口を開けると、炎息《ブレス》を吐き出す。

たちまち洞窟内は紅蓮《ぐれん》に染まった。

「ひやぁぁぁあああ!!」
「おおおおおおお!!」

ボルンガとルキソルは全力疾走する。安全圏まで退避した。
当然、俺も回避している。
側面によけると、魔法を起動した。

【落雷】

ワイバーンぐらいなら、一発で仕留められる魔法だ。
天井に魔法陣が浮かび上がる。青白い光が飛び出すと、キマイラに突き刺さった。
魔獣の悲鳴がこだまする。
しかし、倒れはしない。ダメージも少々体毛を焼いた程度である。
戦意も衰えるどころか、増すばかりだった。
さすがはBランク魔獣だな。
この程度では、かすり傷か。

「そうこなくてはな！」

俺はペロリと唇を舐《な》める。

「ラセルのヤツ……。笑ってませんか？」

「ふふふ……。キマイラを前にして、あんなに楽しそうに戦うヤツは、初めて見たよ」

手持ちの【魔導士《ウィザード》】の魔法では、あれが精一杯だ。

何せ【複製】と【合成】にポイントのリソースを割《さ》きすぎたからな。

ならば接近戦しかない。俺は訓練用の剣を抜いた。

【鋭利】【硬度上昇】【属性付与】

同時に三つの【鍛冶師《ブラックスミス》】の魔法を起動させる。

これぐらいしないと、キマイラの硬い体毛は通らないだろうと判断した。

剣に付与させた風属性が渦巻《うずま》く。

さらに【戦士《ウォーリア》】の魔法を起動させた。

【筋量上昇】【脚力上昇】

合計五つの魔法を同時起動させながら、俺は走り出す。

以前は四つが精一杯だった多重起動も、今では五重に起動することができるようになった。

俺は洞窟の空気を切り裂き接敵する。

キマイラは反応していた。口内が光る。

炎息《ブレス》だ――。

紅蓮の炎が溶岩のように広がる。

俺は天井付近まで飛び上がった。【脚力上昇】は走力だけではなく、跳躍力も上昇する魔法なのだ。

完全に魔獣の上を取る。真下にキマイラの背中が見えた。

刃を下にし、俺はそのまま落下して攻撃姿勢を作る。

このまま刃がキマイラの肉に食い込めば、俺の勝ちだ。

が、視界の端に鋭い大蛇の牙を捕捉する。


「あぶねぇ!!」

ボルンガが悲鳴じみた叫びが聞こえた。
そんなことはわかっている。

【超反応】

六つ目の魔法を起動する。
途端、視界がセピア色に染まった。
魔法によって極限にまで研《と》ぎ澄まされた感覚が、世界をスローに映す。
はっきりと見えた。
大蛇の牙。そこに爛《ただ》れる毒液の一滴。
回避は必須《ひっす》だが、今は空中だ。落下しながら向きを変えるのは難しい。

ならば――。

俺は刃をくるりと返す。
切っ先を上に向けると、大蛇を真っ二つに斬り裂いた。

身悶《みもだ》えるように尻尾が俺から離れていく。
俺はキマイラの背中に着地した。
そのまま刃を返して、突き刺そうとするが、唐突《とうとつ》に魔獣の翼が震える。
天井があるにもかかわらず、キマイラは飛び立った。
背中の俺を振り落とそうとする。堪《たま》らず俺は一度離れた。
弧を描いて滑空すると、着地間際の俺に炎息を放つ。

「みえみえだ」

【超反応】を起動した俺に当たるわけがない。
さらに【脚力上昇】を生かして、すぐさま回り込んだ。
俺は飛び上がる。
キマイラも反応するが——遅い。
反撃しようと立てた牙を斬り、そのまま口内へと刃を滑り込ませた。
薄暗い洞窟の中で、子どもと魔獣が交錯《こうさく》する。
パッと血しぶきが舞った。
倒れたのは、キマイラの方だ。

「す、げぇ……。本当にやりやがった」

「いやはや……。我が子ながら、恐れ入るよ」

決戦を見届けたボルンガとルキソルが近付いてくる。

俺は頬《ほお》に付いた返り血を拭《ぬぐ》った。

さすがはBランクの魔獣……。なかなか骨がある相手だった。

けれど、俺の敵ではない。


「おい！　まだ、こいつ生きてるぞ」


魔獣に近付いたボルンガが、慌てて後退した。

指摘通り、キマイラは生きていた。荒い息を吐き出し、まさに虫の息である。それでも抵抗する意志はあるらしい。ぎろりと俺を睨《にら》み付けると、かすかに翼を動かした。

大した体力だな。

俺は【聖職者《クレリック》】の魔法を唱える。

【安眠】

光に包まれたキマイラが息を引き取るように瞼《まぶた》を閉じる。

「死んだのか？」

「違うよ、ボルンガ……。傷を回復させるために、眠ってもらったのさ」

「な！　魔獣を回復させてるのかよ!!」

「このキマイラには、まだまだ使い道があるからね」

「使い道？」

「【複製】するんだよ。キマイラを増やすんだ」

「キ、キマイラを増やすぅぅぅぅぅうう!!」

ボルンガは女の子みたいにぺたりとお尻をつけた。
どうやら、こいつの脳味噌では処理しきれなくなったらしい。
ポンコツの頭からは煙が出ていた。
その様子を見て、ルキソルは豪快に笑う。

「【合成】に【複製】か……。ラセル、お前はどこまで強くなるつもりだ」

「もちろん、父上──」

指を一本、天井へ向かって掲《かか》げる。

世界、そして己自身が認める最強になるまでだ。

第8話

EPISODE 08

賢者、孤児院を助ける

今俺は街にいる。
スターク領の隣――周囲を壁に囲まれた城塞都市《じょうさいとし》だ。
玩具《おもちゃ》が欲しいとねだる子どもを横目で見ながら、真っ直ぐある区画を目指した。
目的の場所に辿《たど》り着くと、俺は顔をしかめる。
異臭が鼻を衝《つ》いた。薄く煙がかっていて、明らかに空気が悪い。
側には工房があり、甲高《かんだか》い音が鳴る度《たび》に赤い光が灯った。

通称『黒市場』。

鍛冶師《かじし》の工房が並ぶ一角だ。大きな街には、必ずあるが、環境は悪い。通りを歩く人間も、物騒な武器を背負った冒険者ばかりだった。
当然、そんな場所に子どもの姿はない。見つかれば、即座につまみ出されるだろう。

俺は【探索者《シーカー》】の魔法を起動した。

【幻影】

術者に向けられる視線に反応して、視覚に欺瞞《ぎまん》情報を流す魔法である。

似たようなものに【変身】という魔法があるが、あちらは一時的に肉体を作り替えるため、非常に魔力を食う。一方【幻影】は視覚を誤認させるだけなので、【変身】よりも遙《はる》かにコスパに優れているのだ。

前世で【探索者《シーカー》】だった頃、よく使っていた魔法である。

むさ苦しい冒険者だらけの『黒市場』に入っていく。

だが、誰も俺の姿を見て、咎《とが》める者は誰もいない。どうやら成功のようだ。

「ここだな……」

あっさりと目当ての店に辿り着く。

中に入ると、真っ先に武器が置かれていた。看板には道具屋と書かれていたが、どうやら剣や鎧《よろい》も扱っているらしい。雑貨屋という感じである。

奥に行くと、店主がカウンターの向こうで舟を漕《こ》いでいた。

声をかけた瞬間、座っていた椅子《いす》から飛び上がる。

「いらっしゃい」と慌てて愛想笑いを浮かべた。

「魔獣の素材を売りに来た。金額の鑑定を頼む」

「わかりました。見ましょう。物はどこに？」

俺は魔法を起動する。

何もない空間から魔獣の角《つの》を取りだした。

「おお！　すごい！　今のは【収納】の魔法ですか？」

店主は腰を抜かす。

ん？　そんなに驚くようなことでもないだろう。

空間魔法を得意とする【魔導士《ウィザード》】なら朝飯前のはずだ。

「初めて見たよ。もしかして、あんた——名のある大魔導士様で？」

「おだてても無駄だ。高値で買い取ってもらうぞ」

「そうじゃありませんよ。あたしゃ事実を言ったまでです。本当に初めてなんですよ。昔は、たくさんいたそうですけどね」


【収納】は中級の魔法である。

確かに取得するためには、それなりのスキルポイントが必要になる。

だが、決して高くはないはずだ。そんなに冒険者のレベルが下がっているのか。

少し悲しくなってきた。


「で？　いくらで買い取ってくれるんだ？」


店主は中身を確認する。実際に手に持ち、やがて【鑑定】の魔法を使った。

魔力の光が角を包む。

その光を見ながら、俺は少し複雑な気持ちになった。

こんなとぼけた親父《おやじ》が、【学　者《プロフェッサー》】か……。

昔は【村人】が自分の目利《めき》きでやっていたものだがな。

「な、なにぃ!!」

いきなり親父は呻《うめ》いた。

ん？　何事だ？　何かしたか、俺？

「お客さん、これイッカクタイガーの角ですか？」

如何《いか》にもそうだ。

それは俺が倒して集めたイッカクタイガーの角である。色々と実験するうちに、気がつけばたくさん集まっていた。今、カウンターの上に広げられているのは、その一部だ。

イッカクタイガーの素材は、武具や魔導具、薬の材料になる。

ありふれてはいるが、これだけあれば、銀貨二〇枚はくだらないだろう。

少しいい宿屋で二、三泊できるぐらいの価値である。

これで魔獣の餌《えさ》や、より強い魔獣を合成するために必要な材料を、買うつもりでいた。

「ご自身で集められたのですか？」

「疑っているのか？」

「失敬《しっけい》……。いや、やはりご高名な魔導士様なのでしょう。Bランクの魔獣をこんなに倒すとは……。しかも状態もいい。いやはや恐れ入りました」

神でも崇《あが》めるかのように角を掲げ、ペコリと頭を下げる。

うん？　おかしくないか？

イッカクタイガーは、Cランクだったはずだが。いつからBランクになったんだ。

まあ、ここで店主に尋ねるのも、おかしいか。

変に勘ぐられて、足下を見られるのも鬱陶《うっとう》しい。

後で自分で調べておくか。


「それでいくらぐらいになるんだ？」

「えーと。そうですね。五〇金貨でいかがですか？」

ふふん。そうきたか……。俺は騙《だま》されんぞ、店主。

これでも俺は、前世において『黒市場の黒の猟犬《ブラックハウンド》』と呼ばれ、商人の間で恐れられてきた男だ。値段交渉にはちょっと自信がある。【学　者《プロフェッサー》】だった時は、【鑑定】を使って荒稼《あらかせ》ぎをし、商人としても世界一になったほどだ。

『黒市場』の片隅で店を開いているような店主なんぞ、軽く論破してやろう。

「店主よ。五〇金貨というのはいささか――」

…………。

……んん？？？？？

ちょっと待て

金貨五〇枚だと？

「今、五〇金貨と言ったか、店主」

「ええ……。まあ――」

おかしい。

イッカクタイガーの角は、さほど珍しい魔法素材ではない。

故に、割と買い叩かれるのがオチで、昔なら一本当たり一銀貨で売却できれば御《おん》の字《じ》だった。

ここにあるのは、二〇本。

一銀貨だとしたら、二〇銀貨ぐらいだと思っていたのだが……。

五〇金貨？？？？？？？

ちょっと待て。
五〇銀貨で一金貨の価値のはずだから、五〇金貨を銀貨に直すと……。

二五〇〇銀貨ではないか！

気がつけば手が震えていた。
突然、心臓がバクバク鳴り始める。
こんなに胸が高鳴ったのは、魔王の側近と戦って以来か。
いや、そんなことはどうでもいい。一体、どういうことだ？
三百年の間に、貨幣の価値が下がったのか？

「店主。聞くが、五〇金貨となれば何が買える？」
「え？　そ、そうですね。一戸建ての家と幌《ほろ》付きの馬車ぐらいなら……」

一緒だ。貨幣価値はそんなに変わらない。昔もそれぐらいだった。
つまり、あれか……？
イッカクタイガーの角の価値が上がったということか!?
俺は若干目《じゃっかん》を血走らせながら、己が獲《と》ってきたイッカクタイガーを睨《にら》んだ。
客の異様な雰囲気《ふんいき》に、何かを察したのだろう。
店主は恐る恐る俺に尋ねた。

「あ、あの……。ご不満なら、もう少し値段を勉強させていただきますが」

どうやら先ほどの俺の質問を、挑発と受け取ったらしい。
客からの返答を待つ前に考え始めた。

「じゃ、じゃあ五十七金貨でどうですか？」
「五十七金貨だと……」

何もしていないのに、七金貨も増えてしまったぞ。

落ち着け。あまり動揺《どうよう》するな。弱みを見せたら、商人の思うつぼだ。

なるべく冷静に……。とりあえず心を落ち着けろ。

俺は雑念を振り払うように頭を振る。

すると俺の反応を見て、また店主は勘違いした。

「え？　これでもダメですか？　いや、あたしゃ頑張りますよ。こんなに上質なイッカクタイガーの角、なかなか市場には出回りませんからね」

俺の言動がさらに店主の商魂に火を付けたらしい。

お、おい……。店主、無理するな。

「じゃあ、五十九金貨で！」

「ほう……。五十九か」

「ええい！　大台だ！　六十二!!」

「六十二……。ふむ。その程度か」

「お、お客さんなかなかやりますね。ちょっとあたしゃ楽しくなってきましたよ。わかりました。あたしも人生かかってますから！　このお店ごとかけましょう！」

おい。そろそろやめろ。

それ以上は無茶するな、店主。

お前の魂はもう十分見せてもらった。

「もってけ泥棒!! 六十九金貨だぁぁぁぁあああああ!!」

◆◇◆◇◆

「ま、毎度あり……」

真っ白に燃え尽きた店主が、最後の力を振り絞《しぼ》り、俺を見送った。

店を出る俺の手には、大量の金貨が入った袋が握られている。

ずしりと重い。だが、これでもまだ半分だ。

あの店主……。店にある有り金全部を、俺に渡してきた。

残りは、金貨しからお金を借り次第、渡すそうだ。

俺は商人の魂がこもった袋を見る。

はっきり言うが、俺は何もしていない。「ほう」とか「ふーん」とか言っていただけである。

それでもなんだか詐欺《さぎ》を働いた気分で、心苦しかった。

だが、これは店主の魂だ。今さら高すぎるといって撤回《てっかい》するわけにはいかない。

ちょっと胸が痛んだ俺は、金貨の一部を近くの孤児院に寄付することにした。

◆◇◆◇◆

孤児院に行く道すがら、俺は小さな女の子に出会った。

金髪を三つ編みにし、くりくりとした緑色の目をしている。

別に俺はロリコンでもなんでもないが、将来綺麗《きれい》になるだろう。

だが、その姿は見窄《みすぼ》らしい。中の羽毛がぺちゃんこになったボロボロのコートを纏《まと》っていた。

場所は人の往来が激しい場所である。

ときどき大人とぶつかりながら、「ママ。ママ……」と呟《つぶや》いている。

再び道行く人にぶつかると、転倒しそうになっていた。


「おっと……」

間一髪《かんいっぱつ》のところで、助ける。

軽い……。おそらく五歳ぐらいだろうが、まるで赤子のように軽かった。

おそらく満足に食事も与えられていないのだろう。


「大丈夫かい？」

「ありがとう、おじちゃん」

「おじ……!!」


あ！　そうか。まだ【幻影】を常時起動させているんだった。

まあ、いい。このまま話を合わせよう。

すると、不意に脳裏《のうり》にある人の姿がちらついた。妹シーラである。

おそらく俺の中にいるラセル・シン・スタークの残滓《ざんし》が、少女の姿に反応しているのだろう。

確かに記憶の中にあるシーラと似ている気がする。


「お嬢ちゃん、お名前は」

「アリサは、アリサだよ」

「アリサはママを探してるの？」

「うん。アリサね。ママにコジインってところでバイバイしたの。けど、ママはなかなか帰ってこなくて。だから、ママをさがしにきたの」


やはり孤児院の子どもか。

前の転生では、俺も孤児院の子どもだった。

だから、アリサの恰好を見て、そうではないかと思っていたのだ。


「さっきね。ママ、いたのよ！　でも、ママっていったら、どこかへ走っていっちゃった」


走っていった？

その母親、まだ生きているのか。


「わかった。おに——おじさんも探してあげよう」

「ホント？」

「まず孤児院に戻ろうか。もしかしたら、ママが帰ってきているかもしれないよ」

「うん」

とりあえず孤児院に帰す方がいいだろう。

かつて俺は、アリサのように親を探しに行って、馬車に轢《ひ》かれて死んだ孤児院の子どもを、うんざりするぐらい見てきている。このまま放置するわけにはいかない。

俺は【探索者《シーカー》】の魔法を起動した。


【地図化】


周辺の地図を魔法で作成する。

横でアリサが大きく口を開けて驚いていた。

「おじさん、すごい！　まるで魔法使いみたい！」

魔法使い？　【村人】なんだが、俺は。

幸いにも街には、孤児院が一つしかないようだ。

そこに俺はアリサを連れて戻る。少女の手を引き、そのぬくもりを感じていると、俺の中にいるラセル・シン・スタークが反応しているのがわかる。

俺はシーラと手を繋《つな》いでいるような不思議な気分を味わった。

◆◇◆◇◆

「ありがとうございます。孤児院の院長のマーナレと申します」


マーナレは深々と頭を下げた。

癖《くせ》っ毛の強い草色の髪に、肌は白。

落ち着いた紫色の瞳が印象的な院長は、想像以上に若い女性だった。

挨拶《あいさつ》もそこそこにアリサに聞いた話を切り出す。

マーナレは「そうですか」とため息を吐いた。


「アリサの母親は……?」

「おそらくまだ生きていらっしゃると思います」

「なのに孤児院に預けているのか?」

「孤児院は、昔は親を亡くした身よりのない子どもを預ける場所でした」


ああ……。かつての俺もそうだった。

「今は違います。最近は捨てられてくる子のほとんどが【村人】の子どもなんです。孤児院に預ければ、【村人】の子どもでもいい暮らしができると思っている親がいるらしく……」

今も昔も孤児院は国家事業の一環として運営されている。

だが、戦争が終わり、孤児が少なくなったことを理由に、補助金は毎年カットされてきた。

しかし、その人数は変わらないという。【村人】という職業が、他の職業に淘汰《とうた》されたことによって、孤児院はその駆け込み寺のような役割を果たすようになったと、マーナレは語った。

補助金がカットされる一方で、孤児は増える。

立ちゆかないのは当然だろう。

「じゃあ、孤児院の経営は？　足りない運営費はどうしているんだ？」

「それは……」

マーナレはチラリと子どもの方を見た。

「まさか子どもを――」

マーナレは激しく首を振る。

今にも泣き出しそうな表情で俯《うつむ》いた。

「私はやってません！　信じてください。でも、私の前の院長は……。…………仕方なかったんだと思います。孤児院を経営するには、どうしてもお金が必要になるんです。でも……。でも……私には出来ない。そんな残酷《ざんこく》なこと……」

マーナレは崩れ落ちる。顔を覆《おお》い隠し、肩を震わせた。手と頬《ほお》の間から涙がこぼれ落ちる。

俺はそれを見ていることしか出来なかった。


ガシャアアアアアンン!!


何かが割れるような音が響いた。続いて子どもたちの悲鳴が聞こえる。

孤児院奥の応接室で話していた俺とマーナレは立ち上がった。

慌てて入口に向かう。割れたガラスの前に二人の男が立っていた。

一人は商人風の男。饅頭《まんじゅう》のような輪郭《りんかく》の顔に、シルクハットを被《かぶ》っている。

もう一人は如何《いか》にも【戦士《ウォーリア》】といった風情《ふぜい》の男だ。防具は薄く、これ見よがしに筋肉の塊《かたまり》を見せびらかしている。ハンマーのような大きな拳は、分厚い手甲で覆われていた。間違いなく拳闘士だ。ガラスを割ったのも、この男だろう。

「アリサちゃん!!」

マーナレが叫ぶ。
拳闘士は近くにいたアリサの襟元《えりもと》を摘《つま》み上げた。
すでにアリサは気を失っている。

「やめてください、ペイジンさん」

マーナレは横にいた商人風の男を睨《にら》んだ。
ペイジンという男は、懐《ふところ》に手を伸ばすと煙草《たばこ》を取り出す。
火を付け、優雅に紫煙《しえん》をくねらせた。

「私だってこんなことはしたくないですよ。でも、マーナレ院長。そろそろ耳を揃《そろ》えて、借金を返してくれませんかね」

「ちょっと待ってください。支払いは七日後じゃ」

「確かに言いましたよ。でもね。わかってますか？　その七日後に支払うとお約束したお金は、本来であれば七日前に払っていただかなければならなかったんですよ」

「で、でも……。待ってくれるって」

「こっちだって都合があるんですよ。……さあ、払ってもらいましょうか。それとも、売りますか、この子たちを？　それとも、あなたで支払っていただけますか？」


ペイジンはマーナレに近付く。

金歯を見せびらかすように口を開き、いやらしい笑みを浮かべた。

そっと院長に手を伸ばす。黒いローブの上から、胸を触ろうとした。


「おい」


ペイジンの肩を叩く。

商人が振り返った瞬間、俺はその顔面に拳を叩きつけた。

「ぎゃっっ！」

悲鳴を上げながら、ペイジンはあっさりと吹き飛ぶ。

近くにあった机に突っ込むと、拳闘士に支えられながら起き上がった。

「お、お前！　何しやがる!!」

真っ赤に腫《は》れた頬をさすり、ペイジンは喚《わめ》いた。

魔法なしだったが、意外と頑丈らしい。

「セクハラ親父《おやじ》から、婦女子を助けただけだ」

「そもそもお前、何者だ？　あ……。ははん。そうか。お前、この孤児院を助けようとか考えているんだろ？」

ペイジンは、お付きの拳闘士に手を取ってもらい立ち上がる。

埃《ほこり》を払い、口の端に笑みを浮かべた。

「やめとけ。やめとけ。こいつらはみんな親に捨てられたクズ虫だ」

「ペイジンさん！　子どもの前でそんなこと言わないで下さい!!」

マーナレが悲鳴じみた声を上げる。

だが、一歩遅かった。


「ぼくたち、捨てられたの？」

「ママ……。パパ……」

「うわーん。ママに会いたいよぉ！」

子どもたちは一斉に泣き始めた。

孤児院の中は、子どもがむせび泣く声に包まれる。


ごん!!


轟音《ごうおん》が孤児院に響く。

見ると、拳闘士の拳が思いっきり壁にめり込んでいた。

子どもたちは呆気《あっけ》に取られ、口を開けたまま固まる。

静かになった孤児院の中で、ペイジンの声だけが空気を震わせた。

「私はね。このクズ虫を使えるクズ虫にしてやってるだけなんだよ。わかるか？　それに、こっちには証文があるんだ。出るとこ出てもいいんだぞ。腕は立つようだが、諦めろ。今、手を引けば、私を殴《なぐ》ったことは許してやる」

「どうせ暴利で貪《むさぼ》った金だろう。あと借金と、セクハラしたお前を殴ったことは、別の話だ」

「貴様……！」


確かに借金が支払われていないことは、悪いことだ。

どんな形であれ、借りたら返すのは当たり前だからな。

だが……人の弱みにつけ込み、【村人】というだけで、人間の尊厳を踏みにじる。

それが我慢できるほど、俺は大人ではない。


「やれ!!」

ペイジンは拳闘士に命令する。

物言わぬ【戦士《ウォーリア》】は、真っ直ぐ向かってきた。

大きく拳を振り上げる。

速い――。

腰の捻《ひね》り。目付き。インパクトのタイミング。

雇い主は最低でも、この拳闘士は一流だ。


ごおおおおおおおおんんんんん!!

金属音が孤児院に轟《とどろ》く。


「ひゃはははははは!! そいつは、元Bランクの拳闘士だぞ。そのデカい拳で、いくつもの拳闘士の頭を粉砕《ふんさい》してきたのだ。お前など、一溜まりも――」

「そうか。元Bランクか……。なるほど。強いわけだ」

「な、なにぃ……」

「だが、俺より弱い……」


俺は【筋量強化】を全力起動する。

猪の突進を思わせる拳打を受け止めていた。

俺はさらに【鍛冶師《ブラックスミス》】の魔法を起動する。


【変性】


瞬間硬質な音を立てて、拳闘士が装備していた手甲が弾け飛んだ。

物の組成を変化させる魔法である。俺は手甲の素材を脆《もろ》くなるように変化させた。

結果、拳打を受け止めただけで壊れたのだ。

そして俺はとどめの魔法を起動する。


【暴風泡】


嵐の泡が手の平で渦巻《うずま》く。それを男に叩きつけた。

男は後ろにいたペイジンを巻き込む。二人は孤児院の入口を出て、路地まで吹き飛ばされた。

拳闘士は昏倒《こんとう》する一方で、ペイジンには意識があった。

だが、拳闘士が巨体すぎて動けないらしい。

助けてくれ、と手を伸ばしたが、ペイジンに向けられたのは冷ややかな視線だけだった。

その時、俺は気配に気付く。通りを挟んだ向こうに視線を向けた。

建物の陰から、金髪の女がこちらを見ている。

見覚えのある髪の色だった。

すると、意識を失っていたアリサが目を覚ます。

むくりと起き上がり、目を擦りながら通りの向こうを見た。


「ママ!!」


アリサは孤児院を飛び出していった。すると、女も飛び出す。

二人は通りの真ん中でひしっと抱き合った。

「ママ……。やっと帰ってきてくれたんだね」

「ごめんね、アリサ。ママ、ずっと……。ずっと後悔してた。あなたのこと……」

アリサの母親は、後悔を胸に秘めながら、街で暮らしていたらしい。

だが、ある時アリサを街中で見かけてしまった。

想いを抑えきれず、こうして孤児院を訪れたのだと俺たちに語る。

「また一緒に暮らせるの、ママ?」

「ええ……。一緒に暮らしましょ、アリサ」

親子の間に、ようやく笑顔が灯った。

「覚えておけ、ペイジン。子どものことを思わない親はいないんだ」

「ぐっ——」

俺はペイジンに持っていた金貨をすべて渡した。

金貨が入った袋を見て、商人は色めき立つ。

「それで足りないことはないだろ?　それを持って消えろ。二度とこの孤児院に関わるな。もし、今度何かしたら、命がないと思えよ」

俺の猟犬のような眼光に、ペイジンはたちまち震え上がる。

拳闘士を叩き起こすと、金を持ってとっとと立ち去った。

「ありがとうございます。えっと……。そういえば、まだお名前を」

「名乗るほどのものじゃありません。……それより、またペイジンみたいなヤツが来るかもしれません。お金を借りる時は慎重に」

「そうですね。すいません。気を付けます」

「良かったら、ここから東にあるスターク領に、【村人】しか住んでいない村があります。そこで静かに暮らしてみてはどうでしょうか？」

「そんなところがあるんですか？」

「ルキソルという領主を訪ねてください。たぶん、力になってくれますよ」

「はい。是非《ぜひ》！」


そう言ったマーナレは、憑《つ》き物が落ちたように晴れやかな顔をしていた。

◆◇◆◇◆

一ヶ月後――。
俺は例の村を訪れていた。

子どもの童歌が響いている。元気の良い声が、村を活気づかせていた。

「あ！　ラセルお兄ちゃんだ」

俺を見つけたのは、アリサだった。
出会った頃とは比べものにならないほど、表情が明るい。血色も良かった。
その彼女が子どもたちを伴《ともな》ってやってきて、すぐに俺を取り囲んだ。
俺はアリサの金髪を丁寧《ていねい》に撫《な》でてやる。
くすぐったそうに、アリサは笑みを浮かべた。

「元気だったかい、アリサ」
「うん。アリサ、元気だよ。ママもいるし」

アリサが指差した先には、白いエプロンを着た母親が立っていた。
手を振り、その表情もアリサと同じく明るい。
側にもマーナレがいて、手にはクッキーが盛られた木のトレーを持っている。
甘い匂《にお》いに誘われ、子どもたちは踵《きびす》を返すと、クッキーに殺到した。

けど、肝心《かんじん》のアリサは俺の側に立っている。

「ふふ」と人懐っこい笑みを浮かべた。


「どうしたの、アリサ？」

「ううん。なんでもない。ただ――」

「ただ？」

「お兄ちゃんから、あのおじさんのにおいがするなって思っただけ」


そういって、アリサは金髪を振り乱し、母親の元へ駆け寄り抱きついた。

やれやれと、俺は肩を竦《すく》める。

子どもに見抜かれるようでは、まだまだ修行が足りないようだ。

幸せそうなアリサの姿を見ながら、俺は考えた。


彼女を救ったのは、俺なのか、それともラセル・シン・スタークなのか。


今振り返れば、あの時の俺は少し正義感が強すぎたように思う。

普段ならもっとスマートに立ち回っていただろう。

明らかにあの時の俺は、ラセル・シン・スタークに感化されていた。
それが悪いことなのか、それとも良いことなのか、今の俺には判断できない。
ただ今一つ言えるのは、この目の前にある幸せを信じることだろう。
そしていつか、俺の中にいるラセルの想いを成就《じょうじゅ》させてやらなければならない。
そのために、俺はいつか行くことになるだろう。

妹シーラがいる王都へ……。

第9話

EPISODE 09

賢者、教官を吹き飛ばす

俺は十二歳になった。

五年間、いじめ抜いた肉体は鋼《はがね》のようにしなり、魔力が満ちている。

特に背が伸びたことが大きい。

ルキソルの懐《ふところ》に飛び込むにも、魔法の力を借りなければならなかったが、今では魔法なしでも十分打ち合えるところまできていた。

そして今日……。


「でぇぇいぃぃ!!」


ルキソルの遠慮《えんりょ》のない斬撃が、上段から飛来する。

腰を切ってかわすと、俺は横薙《よこな》ぎのカウンターを用意した。

すると、父の剣軌道が、ぴたりと止まる。

読まれた……！

大蛇のようにうねると、子どもの喉笛《のどぶえ》めがけて放たれる。


速いッ！


思わぬ奇襲に一瞬、腰が下がりそうになる。

俺はそれを強烈な意志の力でせき止めると、逆に飛び込んだ。

ルキソルの側面に吸い付くと、肩で押す。父の身体《からだ》がぐらついた。

それでもルキソルは無理やり振り抜いてくる。

腰が入っておらず、力点がずらされた剣など容易《たやす》く受けられる。


バチィ！


剣を跳ね返されると、父は完全に体勢を崩した。

でも俺は油断しない。かつての父であればここで諦めていただろう。

が、父にも父のプライドがある。

ルキソルもこの五年間で強くなっていた。その実力はすでに現役《げんえき》時代を遙《はる》かに超えている。

それは、俺が強くしたといっても過言ではない。
ルキソルは右足を素早く引き、体勢をもう一度整える。
さらに【脚力上昇】を右足に集中。
硬く踏み固められた砂地を吹き飛ばし、俺の方へと直進した。
基礎的な筋肉。しなやかな魔力の放出。寸分の狂いもないタイミング……。
すべてが五年前と比べものにならないほど洗練されていた。

「とった!!」

父はニヤリと笑い、勝利を確信する。
一二一三戦中〇勝一二一三敗。
一二一三連敗を喫《きっ》している父親が、とうとう息子に勝つ。
そう思わせる——見事なカウンターだった。
だが、俺もまた口角を上げる。
前に倒しかけた姿勢から、俺は背筋を棒のように立たせた。
それだけでピタッと身体が止まる。そしてくるりと腰をさばいた。
俺はルキソルの攻撃を闘牛士のようにかわす。

そのまま回り込み、父の背中に冷ややかな切っ先を突きつけた。

「はあ……」


大きく息を吐き、ルキソルはがっくりと肩を落とす。

剣を鞘《さや》に収め、俺の方へ振り返った。


「私の負けだ、ラセル。今日は勝てると思ったんだが……」

「悪くない一撃でしたよ、父上。でも、まだ速度や力に頼りすぎです。もっと小さく振ることを覚えないと」

「私は常に魔獣を斬《き》ることを想定しているのだ。あと、説教じみたことをいうな。私は一応、お前の父親なのだぞ」

「はいはい」

「『はい』は一回でいい」


ルキソルは俺をたしなめる。

よほど悔しかったのだろう。いつもよりも憤然《ふんぜん》としていた。

ただその怒りは俺にではなく、父自身に向けられているように見える。

「父上、俺は十二歳になりました。そろそろ認めていただけませんか？」

「はて？　なんのことだ？」

「俺がこの領地を出ていくという話です！」

「ははは……。そうがなるな。心配しなくても、ちゃんと覚えているよ。ところでラセルよ。一つ父から提案したい」

「何でしょうか？」

「冒険者学校へ行くつもりはないか？」

「冒険者学校！」


それは俺の前世では、魔法学校と呼ばれていたものだ。

ただやっていることは同じらしい。

つまりは、魔法の教育である。

そこでは各職業に分かれ、実践《じっせん》的な魔法の使い方を学ぶ。

晴れて卒業となれば、冒険者のライセンスが授与される。

ライセンスを取得できれば、あらゆる国に通行証なしで入国することが可能だ。ランクが上がれば、通常許可されないダンジョンの調査もできるようになる。

俺としても、冒険者ライセンスは是非《ぜひ》とも取得したいところだった。


しかし、問題がないわけではない。

まず十二歳以上であること。
そして六大職業魔法——つまり【戦士《ウォーリア》】、【聖職者《クレリック》】、【魔導士《ウィザード》】、【鍛冶師《ブラックスミス》】、【探索者《シーカー》】、【学者《プロフェッサー》】のいずれかでなければならないのだ。

「入れるものなら入学したいと考えています。しかし——」

「職能のことなら心配しなくてもいい」

「え？」

「実はもうすぐ私の知り合いが、このスターク領にやってくる」

「父上の知り合い？」

「騎士団時代の私の部下だ。今は、冒険者学校で教官をやっている」

「その教官がどうして、スターク領に？」

「察しが悪いな、我が息子よ。お前が、冒険者学校に入学できるか否《いな》か審査をしてもらうために呼んだのだ」

「審査……。どういうことですか？」

「冒険者学校には試験がある。お前の実力なら問題ないだろう。だが、お前は【村人】だ。たとえ父より強く、魔法が使えても、与えられた職業を誤魔化《ごまか》すことはできない。お前が領地を出て、その門戸を叩いたとしても、門前払いされるだろう」


だから、かつての部下を呼び、俺の力を見てもらう。

教官のお墨《すみ》付きをもらえば、最低限受験までこぎ着けることができる。

それがルキソルの考えだった。


「王都に行きたければ、冒険者学校に入学しなさい。それが父の出す条件だ。どうだ？」

「はい！　是非行かせてください！」


迷うまでもない。俺は即答した。

心の中にいるラセルもまた喜んでいた。

王都に行けば、シーラに会うことができる。

ラセルとしても、妹に会う第一歩となるからだ。

「しかし、いつからですか？　いつから父上は、そんなことを考えておられたのですか？」

「お前こそ、何をとぼけているのだ？　あの日——初めてお前と剣を交えた日に約束したではないか。私に勝てば、領地を出ていくことを許すと」

「そんな前から、今日の日のこと……」


全身が震えた。顔面に何かが登ってくる。

目頭《めがしら》が無性に熱くなった。


ほろり……。


気がつけば俺は涙していた。

素直に父親の愛情が嬉しかった。

前世では俺はいつも一人だった。一人で事を成してきた。

だから、初めて家族——親というものの偉大さを知った。

「お前が泣くのを見るのは、一体いつぶりだろうな？」

ルキソルは泣きはらす俺の顔を見ながら、ハンカチを差し出す。

それを受け取り、俺は目元の涙を拭《ぬぐ》った。

「どうして？　どうしてこんなに良くしてくれるんですか？」

「決まっているだろう。私はお前の父だぞ。それ以外になんの理由があるのだ？」

それを聞いて、俺はまた涙を流してしまった。

ルキソルは俺の肩に手を置き、口を開く。

「ラセルよ。まだ安心するのは時期尚早というものだぞ」

俺は今一度涙を拭い、頬《ほお》を叩いた。

父の青い瞳に映った——少々情けない——自分を戒《いまし》めるようにだ。

「わかりました。父上の厚意に報いるためにも——」

「らしくないな、ラセル」

「は？」

「お前はお前のために強くなればいい。そういう男だったはずだ」

ああ……。ルキソルの言う通りである。

俺は誰かのために強くなるのではない。己が強くなりたいために、強くなる。

けれど、ほんのちょっとだけでいい。その理由に俺は書き添えておきたい。

父のためだ、と――。

◆◇◆◇◆

随分《ずいぶん》とタイミングよく馬車の音が聞こえてきた。

二頭の馬に引かせた客車は、なかなか立派である。

どこかのお大尽《だいじん》でも乗っているのかと思ったが、降りてきたのは重々しい魔法金属の鎧《よろい》を着た男だった。髪を油で整え、見るからに優男《やさおとこ》だ。

明るい黄色の瞳をキラリと光らせ、ルキソルに向かって手を振った。

「せんぱーい！」


まるで女性の黄色い声援のようだった。

男はルキソルに飛びつかんばかりに突っ込んでくる。

だが、男を待ち構えていたのは、父の右ストレートだ。

顔面が面白いぐらい歪むと、そのまま男が吹っ飛んでいく。


「ぐへっ……。せ、先輩……」

「いきなり抱きついてくるな、鬱陶《うっとう》しい。相変わらずだな、ヴァーラル」

「父上……。この人が？」

「こいつの名前はヴァーラル・ハレール。私の元部下で、現在は冒険者学校で教鞭《きょうべん》を執《と》る教官だ」

「もしかして、この子がラセルくん？　お兄さんのこと覚えてるかな。君がずっと小さい時に出会っているんだよ」

「覚えているわけないだろ。あと、お前〝お兄さん〟はもう通じないだろ。ラセル、見た目に騙《だま》されるなよ。こいつ、これで三十九だからな」

うぉ！　それはちょっと驚いた。

どう見ても、二十代に見える。しゃべり方も子どもっぽいし。

これで本当に冒険者学校の教官なのか？

「ヴァーラル殿。再会の挨拶《あいさつ》はそれぐらいでよかろう」

別の声が馬車の方から聞こえる。すると乗降口からぬっと足が現れた。

続けて、鴉《からす》の羽のような黒い司祭服が揺れる。六角形の守護印《ペンタグラム》がかけられた首の上にあったのは、実に神経質そうな男の顔だった。

青白い肌と坊主頭《ぼうずあたま》の司祭は、スンスンと何か匂《にお》いを嗅《か》ぎながら近づいてくる。

ヴァーラルの横に立った司祭を見て、ルキソルが質問した。

「ヴァーラル、この方は？」

「見届け人のレムゼン司祭です。冒険者学校では、【聖職者《クレリック》】クラスの座学教官を務めています」

「レムゼン・サムだ。よろしく願う、スターク男爵」

「こ、こちらこそ……。しかし見届け人がいるとは聞いておりませんが」

「昨今、貴族の間で賄賂《わいろ》を握らせ、不正入学させる事例が続いておりましてな。此度《こたび》の特例に対して、公正なジャッジがされるのか確認に参りました」

するとレムゼンは俺の方に向き直る。

懐《ふところ》から眼鏡《めがね》を取り出し、鼻の上に置いた。おそらく【鑑定】の魔法がかかった魔導具だろう。かなり高額な商品なはず、そんな高額な魔導具を所持しているとは、さすがは冒険者学校といったところか。

「なるほど。本当に【村人】のようですな。……ふむ。にわかに信じがたい。本当に【村人】が魔法を使えるのですか？」

「保証します。息子は、私よりも強いですよ」

「とりあえず、僕と手合わせしてみればわかるんじゃないでしょうか、レムゼン司祭」

ヴァーラルが提案すると、レムゼンは頷《うなず》いた。

「よろしい。さっさと用事を済ませましょう。今から帰途につけば、明々後日《しあさって》の王都の門限に間に合いますからな」

「えええええ？　今日は泊まっていかないのですか？」

「遊びではないのですよ、ヴァーラル殿。何のためにこんな辺境の地へやってきたと思っているのですか」

ぴしゃりと言い放ち、レムゼンは眼鏡越しに同僚を睨《にら》んだ。

思わずヴァーラルは背筋を伸ばす。

が、すぐにしなびたもやしのようにがっくりと項垂《うなだ》れた。

おそらく屋敷に泊まり、父と酒でも酌《く》み交わそうと考えていたのだろう。

その魂胆《こんたん》を悟ったのか、励《はげ》ますようにルキソルはヴァーラルの肩を叩いた。

「休みが取れたらまた来い」

元上司の激励《げきれい》に、ヴァーラルは涙ぐむ。

「先輩！」と子どもみたいに甘えようとするが、再びルキソルのカウンターを喰らった。

こりないヤツだ。大丈夫だろうか、この教官……。

◆◇◆◇◆

かくして審査が始まった。

ヴァーラルはぬらりと刃引きされた剣を抜く。

軽い感じで、正眼《せいがん》に構えた。

「本気でかかってきていいよ」

「本当にいいいんですか？」

「疑り深いなあ。僕はこれでも冒険者学校の教官で、お父さんの部下だった男だよ。君ぐらいの年の子の剣を受けるぐらいわけないさ」

「怪我《けが》しますよ」

「ははは……。いるんだよね。君みたいな生意気な受験生って。……いいよ。叩きつぶしてあげる」

ヴァーラルは目を光らせる。

挑発したわけではないが、ようやく教官は本気になったらしい
俺は同じく刃引きされた訓練用のショートソードを抜く。

審判はルキソルだ。

見届け人のレムゼンが、じっと立ち合いを見つめていた。

「はじめ！」

号令がかかる。

早速、俺は飛び出した。

「お！　結構速いね。でも、見えてるよ。――そこだ！」

周囲の空気を弾くように、ヴァーラルが剛剣を放つ。

言動は無邪気な子どものようでも、剣筋自体は力強い。

実際、その素早い剣は俺を捉えていた。

正確には――。

俺の残像を、である。

「ほえ？」

手応えのない反応に、ヴァーラルは目を丸くする。

完全に俺を見失っていた。

やはりか……。冒険者学校の教官と聞いて、少しは楽しめると思ったが……。

なんのことはない。

明らかに今のルキソルよりも格下だった。


「こっちですよ」


ふわりと浮かび上がった殺気に、ヴァーラルが反応する。

くるりと身体《からだ》を反転させた先には、俺が向けた刃が待っていた。

ちくりと切っ先が左頰《ひだりほお》の肉を抉《えぐ》る。

つつ――――う、とヴァーラルの頰に細い一条の鮮血が垂れた。

傷口を確認しながら俺に向かって喚《わめ》く。


「い、いつから背後に……！」

「一拍前には」

「僕が斬《き》ったのは？」

「残像です」

ニコリと笑って、俺は説明した。

これは魔法ではない。

【暗歩】という歩法で、暗殺者が実戦で使う技だ。

最初ゆっくりと動き、相手の目が慣れた瞬間に、速度を最大まで上げる。

急激な速度の変化に脳の処理が追いつかず、まだいると錯覚《さっかく》して残像を斬ってしまうのだ。

「ああ。でも、これでは試験にならないですね」

そうだ。これでは試験にならない。

何故なら、冒険者学校に受験するためには、魔法が使えることが絶対条件だからだ。

俺は魔法を起動する。

【戦士《ウォーリア》】の【筋量強化】【加速】。

さらに【鍛冶師《ブラックスミス》】の【硬質化】【属性付与】の魔法を、ショートソードに付与した。【鋭化】はかけない。そこまですると、たとえ刃が潰された剣でも、ヴァーラルを真っ二つにしかねないからである。

すかさず俺は一気に薙《な》ぐ。
ヴァーラルもぼうと見ていたわけではない。すぐに防御態勢を取った。

こぉん!!

小気味よい音が屋敷の裏にある訓練場に鳴り響く。
剣の切っ先が空中で回転していた。
そのままヴァーラルの背後の地面に突き刺さる。
俺は顔を上げると、相手の剣が真っ二つに折れていた。

「そんな！　僕の剣が――」

驚く教官を横目に、俺はさらに【魔導士《ウィザード》】の魔法を起動する。
右手に大気が集まり、小さな嵐が生まれた。
手の中で暴れ回り、ちょっと触るだけで吹き飛びそうだ。

「ちょ！　ラセル君！　勝負がついたでしょ！」

「言ったでしょ、本気でいくって」

「そ、そんな……ぎゃあああああああああああ!!」

ヴァーラルに恨みはないが、これも試験だ。

許せ――――!


【暴風泡】


遠慮《えんりょ》なくヴァーラルに打ち込む。

重い鎧《よろい》を着た教官は、空の彼方《かなた》へと消えていった。

◆◇◆◇◆

「し、死ぬかと思った……」

しばらくして、ヴァーラルは剣を杖《つえ》代わりにし、茂みから現れた。

かなり遠くへ飛ばしたが、どうやら無事だったらしい。

鎧が衝撃を吸収したのもあるが、身体を鍛えていた事が功を奏したのだろう。
死ぬ——なんて物騒な言葉が出てきた割に、へらっと笑みを浮かべている。
そして前のめりに倒れた。
見ると、目がグルグルと回っていた。どうやら限界だったらしい。
よく頑張ったな、ヴァーラルくん。
俺は思わず合掌《がっしょう》した。

「いかがですか、レムゼン司祭。息子は十分冒険者学校に入学できる実力を兼ね備えていると思いますが……」

倒れた元部下に意識があることを確認した後、ルキソルは向き直った。
その司祭はというと、顔を真っ青にしていた。歯をかちかちと鳴らし、震えている。
ん？　何か様子がおかしい。
やがて俺に向かって指を差した。

「悪魔だ！　この【村人】には悪魔が棲《す》みついているぞ!!」

は？　悪魔？

何を錯乱《さくらん》しているんだ、この司祭は!?

「レムゼン司祭。お言葉ですが、私の子どもを悪魔呼ばわりするのはどうかと——」

「うるさい!!」

ルキソルの反論を一蹴《いっしゅう》する。

「準Bランクの力を持つ騎士を倒すことさえ驚きなのに、【村人】が魔法を使うなど。悪魔に取り憑《つ》かれたとしか思えん！」

「驚かれるのも無理はありません。しかし、事前に説明していたはずです」

「馬鹿者！　田舎《いなか》貴族の世迷《よま》い言《ごと》と思うのが普通ではないか」

おいおい……。その田舎貴族といえど、ルキソルは立派な貴族だぞ。

いくら司祭だろうと、さすがに言葉が過ぎるだろう。

レムゼンが激しく俺を『悪魔』と糾弾《きゅうだん》する一方、ルキソルはひどく冷静に、司祭の言葉に耳を傾けていた。

「そう思うのは勝手です。ですが、我が息子は現に魔法が使える。それを『悪魔』が棲みついたという一言で糾弾するのはおかしい。むしろこれは神の『奇跡』と呼ぶべき事案だと私は思いますが？」

「【村人】が魔法を使うなどありえん。いや、あってはならんのだ！」

なるほどな。

レムゼンは【村人】差別主義者——その急先鋒《きゅうせんぽう》とも言える人物らしい。

司祭《ぼうず》というヤツらは、「神の前に平等」と教える。

一方で、自分たちの教えに従わない人間は、異教徒だと排除する。

この司祭も、そんなごく普通の人間の一人なのだろう。

レムゼンはスンスンと匂《にお》いを嗅《か》いだ。

領地にやってきた時にも、似た仕草をしていた。

「臭いますな。この領地には悪魔の臭いがする。ルキソルさん……。あなたは大丈夫なのでしょうね？　子が悪魔なら、あなたもまた悪魔なのではありませんか？」

血走った瞳を大きく見開き、レムゼンはルキソルに食ってかかる。

さすがのルキソルも限界だ。こめかみに青筋を浮かべ、顔を紅潮させた。


「あなたは――」

「父上、お待ちください」


殴《なぐ》りかかりそうになったルキソルの手を、俺は止める。

そのまま前に出ると、レムゼンと向かい合った。


「司祭様、どうか俺――いや、私に弁明の機会をお与えください」

「弁明だと……」

「はい。もし、私の弁明にご納得いただけるなら、司祭様より『この者は「悪魔」ではない』と証明していただきたいのです」

「ほう……。何やら自信ありげだな、少年――いや、悪魔憑きめ」


徹底してるな、この司祭《ぼうず》。

「私は簡単には意見を曲げることはないぞ。何故なら、私にはお前が悪魔だという信念があるからな」

言葉がむちゃくちゃだ。

修道院の幼児教育から始めた方がいいかも知れない。

結局、俺は例の場所にレムゼンをはじめ、ルキソルと目を覚ましたヴァーラルを案内した。

例の場所というのは、俺が作ったダンジョンである。

そこにはレムゼンに悔い改めてもらうための策略が用意されていた。

実行できれば、レムゼンは泣きながら俺を「悪魔ではない」と認めることだろう。

俺はともかく、父を悪魔呼ばわりしたことを後悔させてやる。

そのレムゼンは今から何をされるかわからないのに、妙に落ち着いて見えた。

時折首から下げた守護印《ペンタグラム》をいじり、ブツブツと中空に向かって、祈りを捧げている。

「何かあった時は、ヴァーラル殿。この者たちを遠慮《えんりょ》なく斬《き》っていただきたい」

「お話は承《うけたまわ》りましたけど……。司祭殿、僕にはラセル君が悪魔憑きとは到底思えませんね」

ヴァーラルもこちら側だ。

ルキソルに世話になったのもあるが、剣を交えた者同士、何か感じるところがあるのだろう。

少し屈折しているところもあるようだが、概《おおむ》ね真人間らしい。

おかしいのは、レムゼンの方である。


『ぐおおおぉおぉおぉおぉお……』


ダンジョンと化した洞窟《どうくつ》に入る。途端、魔獣が騒ぎ始めた。

俺が張った【結界】に触れ、あるいは叩き、吠声《はいせい》を上げて、俺たち人間を歓迎する。

目に映る数々の魔獣を見て、レムゼンも喚《わめ》いた。


「おお！　なんとおぞましい。見よ！　まるで悪魔の国そのものではないか!!」

「ただの魔獣の巣窟《そうくつ》ってだけだと思いますけどね」


ヴァーラルはボリボリと頭を掻《か》く。

横でルキソルが、俺に耳打ちした。


「どうするんだ、ラセル。こんなものを見せて。むしろ逆効果のようだぞ」

「ご心配なく、父上。弁明はこれからですので」

「？・？・？・」

俺は【鍛冶師《ブラックスミス》】の魔法を起動する。


【合成】


光が渦《うず》となり溢《あふ》れる。

洞窟の隅々にまで行き届き、魔獣たちは光を浴びた。次々と呑《の》み込まれていく。

一旦魔素へと変換された魔獣は、俺の手元へと集まってきた。

ひどく綺麗《きれい》な光は、七色に分かれ、最後には集約する。

実に、６６６体もの魔獣の魔素。

洞窟にいるそのほとんどが、俺の手の平の上で魔力の塊《かたまり》となって浮かんでいる。

やがて、俺の【合成】は完成をみた。

煌《きら》びやかな光とともに現れたのは、禍々《まがまが》しい筋肉の鎧《よろい》に覆《おお》われた巨大な足だ。


「ひぃ！」

鼠《ねずみ》のような悲鳴を上げたのは、レムゼンだった。

顔を引きつらせ、ゆっくりとヴァーラルの後ろに隠れる。

そのヴァーラルも唖然《あぜん》としていた。最初、真っ直ぐ前を向いていた視線が徐々に上がり、最後は天井を見上げる。

巨木のような腕《かいな》。稲妻《いなずま》のように曲がった太い角《つの》。赤く爛《ただ》れた瞳。

現れたのは、漆黒《しっこく》の巨軀《きょく》を持つ羊鬼《ようき》だった。


「ら、ラセル君。君は一体何をしたんだい!?」


ヴァーラルが小刻みに震えながら、指を差した。

笑っているのか。それともおののいているのか。口端を歪め、なかなか愉快な顔をしている。

後ろのレムゼンも、顔を真っ青にして固まっていた。


「何って、ここにいる魔獣を全て【合成】したんですよ」

「魔獣を合成!!　しかも、ここにいるすべての魔獣を……。そんな……。魔獣を合成するなんて、見たことも聞いたこともないよ」

ガチガチと歯を鳴らし、ヴァーラルはただ呆然《ぼうぜん》と見上げることしかできない。
レムゼンも理解できないといった様子だ。
ただただ目の前の暴挙が過ぎ去るのを待っている。

魔獣の名前はサンダール。

Aランク――悪魔級といわれる魔獣の一種である。
俺は百八十度身体《からだ》を回転させ、サンダールを背にしながら、大人たちに向き直った。
そして手を広げる。

「さあ、司祭様……。俺の弁明を聞いてもらいましょうか?」

俺は余裕の笑みを浮かべるのだった。

◆◇◆◇◆

魔族が滅び、ガルベールの魔素量は確実に減っていった。

その影響は魔素をエネルギー源とする魔獣に大きく影響を与え、個体の小型化の他、膨大《ぼうだい》な魔素量を必要とする上位の魔獣は次々と滅びていったそうだ。

ランクの振り分けが、三百年前よりも一段階上がっているのは、そのせいらしい。

俺が【合成】し、生み出したサンダールもその一匹である。

滅びてしまった魔獣の一匹。

前世ではAランクだったのだろうが、今ではSランク——災害級扱いになるのだろう。


「悪魔だ……」


レムゼンは呻《うめ》くように呟《つぶや》く。

そう。何も知らないこいつらにとっては、この魔獣は悪魔にしか見えないはずだ。

俺は再び【学者《プロフェッサー》】の魔法を起動する。

三人にはわからないようにこっそりとだ。

【魔物使い《テイマー》】

手から魔力で出来た鎖が伸びると、サンダールの巨軀に巻き付いた。

洞窟の岩壁が震えるほどの吠声を上げ、威嚇《いかく》していたサンダールは急に大人しくなる。

瞳の色が薄くなった。

Aランクの魔獣が、完全に俺の制御化に入った証《あかし》である。

以前、ワイバーンを手なずけた魔法。あの時の俺はまだ幼く、魔力も充実していなかったので、Cランク程度の魔獣を操作するだけで精いっぱいだった。

が、今ではAランクの魔獣を操作することも可能だ。

俺は続けて魔獣に命令する。


（レムゼンを捕まえろ……）


再びサンダールの瞳が紅蓮《ぐれん》に輝く。

胸を張り上げ、Aランクの魔獣は吠えた。

洞窟の震動が止まらぬうちに、魔獣は前のめりになり走り出す。

岩肌を砕《くだ》きながら前に進むと、手を伸ばした。

間にいたヴァーラルを弾き飛ばす。それを見て、悲鳴を上げながらレムゼンは逃げ始めた。

しかし、あっさりとサンダールの巨手に捕まる。小男の半身はすっぽりと拳の中に収まった。

サンダールの羊のような頭が、司祭に近付いていく。

鼻息がかかり、その臭気にレムゼンはむせ返った。

「ひぎゃああああああ！　やめろ！　近付くな！　悪魔め!!」

守護印《ペンタグラム》を見せようとするが、がっちりとホールドされてそれもかなわない。

【聖職者《クレリック》】なのだから、退魔系の魔法でも使えばいいと思うのだが、そんな余裕がないほど、司祭は動揺《どうよう》しているらしい。

自分が【聖職者《クレリック》】であることすら忘れているかもしれない。

「な、なんとかしろ！　小僧!!　お前が作ったのだろう!!」

助けてと懇願《こんがん》した割に、まるで誠意がこもっていない。

しかし、俺はその言葉を聞きたかった。

ニヤリと笑う。お望み通り――悪魔のようにだ。

「司祭様、それは出来ません」

「な、なんだと!!」

「私が、あなたの訴えるような悪魔憑きであるなら、私は悪魔を殺せない身です。何故なら、私は悪魔側の人間。悪魔に背《しゆ》くことはできません」

「だから、私を助けないと？　ふざけるな！　貴様、私を脅しているのか!?」


この程度では折れないか。

まあ、予想はしていたがな。


（サンダール、もっと締め付けろ）


魔獣の拳に力がかかる。ゴリゴリと骨が軋《きし》む音が聞こえた。

レムゼンの悲鳴が響き渡る。

その声はあっという間に優しく、従順なものになった。


「わ、わかった。な、何をすればいいのだ」

「もし、私がこの悪魔を討《う》ち取った暁《あかつき》には、『この者は「悪魔」ではない』と証明していただきたい。ついでに、私の冒険者学校の入学も……」

「ま、待て……。そ、そもそも出来るのか？　こんな化け物を【村人】のお前が――」


俺は再びサンダールに命じて、締め付けを強くした。

レムゼンは再び悲鳴を上げる。喉《のど》がカラカラになり、声が嗄《か》れ始めていた。


「さらに私どころか、父上も悪魔呼ばわりしたことも謝罪してもらいたい」

「わ、わかった！」

「わかっただけではわかりませんね」

「すまん！　ルキソル殿！　私が悪かった！　だ、だから早く！　早く助けてくれぇぇぇぇぇぇえええええええ!!」


レムゼンの渾身《こんしん》の叫びがダンジョン内に響き渡った。

何度も助けてくれと哀願する。

やれやれ……。やっと素直になってくれたらしい。

俺は【魔物使い《テイマー》】を解呪する。

すると、サンダールは俺の方を向いた。鼻息を荒くし、紅蓮の瞳を光らせる。

魔法で手なずけていた反動がきたらしい。

魔獣のヘイトは、一気に俺の方へと傾いた。
サンダールはレムゼンをゴミのように投げ捨てた。
岩肌に激突しそうになったのを、ルキソルが受け止める。
わがまま司祭の介抱は父に任せ、俺はサンダールに突っ込んだ。
この身体になってから、初めてのAランク魔獣との戦い。
かすかに全身が震えている。恐怖ではない。むろん武者震いだ。
そうだ。俺は待ちわびていた。
勝てるかどうかわからない相手との一戦を……。
背筋がひりつくような〝戦《いくさ》〟を！

『うぉおぉぉぉおぉぉおぉぉおぉぉおぉぉおぉぉおぉぉおおお‼』

サンダールの口内が闇に溢《あふ》れる。
瞬間、漆黒《しっこく》の波動を俺に向けて放った。
暗きよりも暗き一条の波動は、岩肌を抉《えぐ》り飛ばす。
一瞬にして洞窟《どうくつ》の形が変わる。
俺はすかさず魔法を起動した。

【超反応】

ギリギリまで波動を引きつけ、回避する。

そのまま【脚力上昇】【敏捷性上昇】などの強化魔法を立て続けに起動した。

サンダールの足元を制圧するが、紅蓮《ぐれん》の瞳は俺を捉えている。

脚を上げ、小さな子どもを踏みつぶそうとした。

俺はそれをことごとく回避すると、側面に回り込む。サンダールが踏みつけようとするタイミングを見計らい跳躍した。魔獣の膝を踏み台にして舞う。

サンダールの首筋付近に、俺は躍り出た。

一瞬、Aランクの魔獣と目が合う。

俺はニヤリと笑い、さらに魔法を起動した。

【鋭利】

【硬度上昇】

【属性付与】

【物体加速】

【防御弱体付与】
【付与魔法上昇】
【超反応】【脚力上昇】【敏捷性上昇】を合わせ、実に九種類の魔法を同時起動する。
そのすべてを刃に載せた。
さらに俺は【戦士《ウォーリア》】の魔法を起動する。
その魔法は人間が普段、無意識に抑えている力のたがを外した。

【狂人化】

俺は狼のように吠える。瞳を血のように赤く閃《ひらめ》かせ、魔獣を睨《にら》んだ。
いよいよサンダールに向けて、刃を繰り出す。
俺の全てが籠《こ》もった一撃は、音だけを残し、サンダールの肉に嚙みついた。
魔獣の血が盛大に噴き上がる。血を浴びながらも、俺の攻撃は一撃に留まらない。
さらにサンダールを斬《き》っていく。
止まらない……。止まることはない。
十は百になり。百は千の刃へと変わる。

千刃《せんじん》の刃はやがて大きな光となった。

『ぐがぁぁぁぁあぁぁあぁぁぁぁああああああ!!』

低い唸《うな》りのような悲鳴がダンジョンに響き渡る。

タッ……と、俺は静かに地面に降り立った。

硬質な音を立て、訓練用の刃を鞘《さや》に収める。

その音が微妙に空気を振るわせた瞬間、サンダールは弾け飛んだ。

血、あるいは小さな破片すら残さず、Ａランク魔獣はこの世から消滅する。

膨大《ぼうだい》なスキルポイントが俺の身体《からだ》に上積みされるのを感じ、思わずニヤけた。

これでまた強くなれそうだ。

「一体……。一体…………。何回斬ったんだ……」

ルキソルは戦慄する。

さあ……。俺も覚えていない。

おそらく千以上は斬っているだろう。

思ったよりも張り切り過ぎたらしく、若干《じゃっかん》腕がだるい。

俺は【狂人化】を解かず振り返る。今一度レムゼンと向き合った。

「如何《いかが》でしょうか、司祭様？　悪魔憑きが悪魔を斬る道理はないと思いますが……」

【狂人化】の影響で赤くなった瞳を冷たく光らせる。

その瞬間、レムゼンの中にかろうじて残っていた抵抗の意志が、砕《くだ》け散ってしまったらしい。

がっくりと項垂《うなだ》れ、俺とルキソルの方に頭を下げた。

「すまなかった。……この者は、『悪魔』ではない。私が保証しよう」

そうだ。俺は悪魔ではない。

そもそも〝悪魔〟などというチープな存在ではない。

何せ俺の目標は、すべての者の頂点に立つことだからな。

第10話

EPISODE 10

賢者、領地を離れる

ヴァーラルの試験もクリアし、レムゼンも説得した。

こうして俺は晴れて冒険者学校を受験することが許された。

教官であるヴァーラルから言わせれば、十分入学できる力があるらしい。

だが、レムゼンは大反対した。個人的な試験と冒険者学校の入試は違うと主張したのだ。

やはり、まだ心の根の部分では、俺を認めていないらしい。

やれやれ……。もう少し強めにサンダールに握らせておけばよかったな。

方法が方法だけに仕方ないが、この後またちょっかいを出してくるかもしれない。

ま——。その時はその時だ。また恥《はじ》を掻《か》かせてやればいい。

やがて俺の方も準備が整い、晴れて今日冒険者学校がある王都へと旅立つ。王都までは領地を往来している行商人の馬車に乗せてもらうことになった。

すでに俺の旅立ちの日を知る領民達は、馬車を囲み総出で見送りに来ている。

俺に握手を求め、中には涙する者もいた。

今やスターク領で俺を【村人】と馬鹿にする人間は一人もいない。

五年間ずっと、俺はただ強さを求め、鍛えていたわけではない。

ちゃんと職業としての【村人】の仕事も全《まっと》うしていた。

鍬《くわ》や鋤《すき》に魔法を付与し、農作業の効率化し、【合成】を使い、旱魃《かんばつ》や冷害に強い農作物を開発した。牛や馬、あるいは植物などが早熟する肥料《ひりょう》を作ったり、領地の人間に自分の力を還元してきた。

それもあって、赤字と黒字を行ったり来たりしていたスターク領は、周辺の諸侯《しょこう》も驚くほど成果を上げていたのだ。

一番大きい成果は、たとえ【村人】だとしても、六大職業魔法の人間と変わらない効率を生み出すことに成功したことだろう。領地ではうだつの上がらなかった【村人】の顔も、どこか活《い》き活《い》きとしていた。

「ラセルお兄ちゃん、バイバイ！」

見送りには【村人】の村の村長やアリサ、その母親とマーナレが見送りに来てくれた。

アリサや子どもたちは、俺にたくさんの花輪を送ってくれた。

「ラセルお兄ちゃん、帰ってきてね」と成長したアリサに涙ながらに言われ、俺は少し泣きそうになる。

そして父――ルキソルも、その一人だった。

「気持ち良く送り出したいと思っていたが、いざ別れとなると名残《なごり》惜しいものだな」

「今生《こんじょう》の別れというわけではありませんよ、父上。神聖祭と国祖祭には、長期の休暇が取れるそうですから、戻ってきます。必ず」

「ふふ……。もう受かった気でいるのか？」

「ダメですか？」

俺はニヤリと笑うと、ルキソルは肩を竦《すく》めた。

「お前なら問題なかろう。体調には気をつけよ。いくらお前でも、力を出し切れなければ、わからぬぞ」

「気を付けます」

「あと、昨夜話したことだが……」

「はい。シーラのことですね」


出発前夜。

ルキソルに呼び出された俺は、シーラが何故王都に行ったのか理由を聞いた。

シーラは【村人】の俺とは違い、【魔導士《ウイザード》】だった。

六大職業魔法の中でも、最強といわれる職業だ。

俺もかつては【魔導士《ウイザード》】だったから、有用性は十分理解している。

スキルポイントを獲得《かくとく》できれば、遠く離れた場所から指定した範囲を殲滅《せんめつ》できる魔法まで存在する。

その職業一騎だけで、一個の兵器だといってもいい。

六大職業魔法の中でも、別格の存在だった。

一方でその出生率は低い。【村人】が50％に対して、【魔導士《ウイザード》】は1％を切る。言うまでもなくレア職業。冒険者としても国の一戦力としても、重宝《ちようほう》される職業だった。

特にシーラの素質の高さは、子どものレベルを超えていたらしい。

そのため三歳の時に国にスカウトされ、王都の軍事学校の初等部に通うことになったそうだ。

まだ三つの子どもを、国のために送り出さなければならない。

ルキソルは忸怩《じくじ》たる思いだったが、スターク家はまがりなりにも貴族である。

国の要請というならば、従うしかなかった。


「シーラは父を恨んでいるだろう」


ルキソルは寂しそうに呟《つぶや》く。

昨日も同じような言葉を聞いた。

軍の学校は全寮制とはいえ、神聖祭と国祖祭には長期の休みが取れるようになっている。

しかし、シーラがスターク領に帰ってくることはなかった。


九年間、一度もだ……。


逆にルキソルも王都にいる娘に会いに行くことができなかった。

男爵位の貴族は王の召喚状と、周辺の上位諸侯の許可がなければ、自分の領地から一歩も出ることができないからだ。王に忠誠を誓うルキソルは愚直《ぐちょく》に規律を守り、九年間一歩もスターク領から出たことがないのだという。

「ラセル、お前には悪かったと思っている。お前の意志を無視し、引き留めてしまった。こんな小さな領地で留まるような子どもではない——そうわかっていたにもかかわらずだ。だが、父の心境も理解してほしい。我が子が自分の手から離れる辛《つら》さを……」


シーラに続いて、息子まで失いたくない。

俺を王都に行かせまいとしていたのは、そんなルキソルの親心だったのだ。

それはわがままであっても、父としては当然の思考なのかもしれない。


「大丈夫ですよ、父上」

「ん?」

「シーラはそんな弱い人間じゃありません。きっと何か事情があるのだと思います」


俺の中にいるラセル・シン・スタークは言った。

妹を助けてほしいと……。

おそらく何かがシーラの身に起きている。

帰らないのではない。帰れない何かが起こっているのだろう。

そうでなければ、シーラが手紙の一つも寄越さず、故郷に帰らないというのは、明らかにおかしい。

「我が子に励《はげ》まされるとはな……。お前は完全に私の上をいったようだ」

「まだまだですよ」

「謙遜《けんそん》するな。……ラセルよ、シーラのことを頼む」

「はい。その前に、試験に受からないといけませんけどね」

「わかっているならいい。まずは自分の事をしっかりしなさい」

二回、父は俺の肩を叩く。その手は震えていた。

泣くのを、ぐっと堪《こら》えるように上を向く。そして俺を抱き寄せた。息子の髪をぐしゃぐしゃにしながら、父は俺の頭の上で泣いていた。

俺はそっとルキソルに寄り添う。

土と鉄の匂《にお》いがする。これが父親の匂いというものなのだろう。

俺は目いっぱい吸い込んだ。

「行ってきます、父上」

「うむ！　行ってこい！　そして見せつけてこい！」

【村人】ラセル・シン・スタークの名前を……！

俺は手を振り、幌《ほろ》もない空《から》の荷台に乗り込む。
行商人が老馬に鞭《むち》を打つと、ゆっくりと木の車輪が回り始めた。
見送りの領民たちに向かって、俺は大きく手を振る。
ルキソルも含めた領民全員が激励《げきれい》し、そして手を振り返した。
俺は滲《にじ》んだ涙を拭《ぬぐ》う。自分に渦巻《うずま》いた感情に俺自身が戸惑っていた。

胸が熱い。これが人の温かさというヤツか……。

今までの転生では、俺は常に一人だった。
一人で自分の強さを極め続けていた。
人の付き合いなど、強さには不要だと思っていたから、極力避けてきたのだ。
しかし、スターク領で経験したことは違う。
確かに強くなるための発見もあった。

だが、それ以上に何か得たものの方が、大きいような気がした。

その一つがおそらく、今感じている正体不明の〝熱さ〟なのだろう。

領地が見えなくなり、俺は前方を望む。

すると、木陰に人が立っていた。

本人は隠れているつもりなのだろうが、やや横に広い大腹が木の幹からはみ出ている。

止めてくれ、と指示を出すと行商人は手綱《たづな》を引いた。


「ボルンガ、俺がいない間、領地を頼むぞ」


俺はただそれだけ言った。また馬車が動き始める。

すると大きなお腹がぴくりと動いた。

馬車が目の前を通り過ぎようとした瞬間、不意打ちのように声が響き渡った。

「うっせぇ！　俺も絶対冒険者学校に入学してやる！　それまでせいぜい首を洗って待ってろ！　ラセルの馬鹿野郎!!」

馬鹿野郎って……。

清々しいぐらい負け犬の遠吠えだな。

「でも、悪くない、か……」

期待はしていないが、あいつが来るまで、首だけは洗って待っててやろう。

あとがき

皆さん、こんにちは。はじめましての人は、はじめまして。前作『ゼロスキルの料理番』からの人は、お久しぶりです。そしてダッシュエックス文庫をお楽しみの皆様、本当にご無沙汰《ぶさた》しております。延野正行《のべのまさゆき》です。

ダッシュエックス文庫では『嫌われ家庭教師《チューター》のチート魔術講座　魔術師のディプロマ』以来となりますので、実に三年振りとなります。こうして戻ってくることができました。

「おう。お前。今の今まで何してたねん」

と思われる人も多少いるという体《てい》でお話をさせていただきますと、率直《そっちょく》に言うと書いてました。昨今のライトノベル業界の事情に合わせ、WEB投稿サイトで小説を発表しながら、時々他社様から「書籍化せえへんか？　どや？」というオファーをいただき、この間に二作品を出版させてもらっております。文末にお仕事をまとめましたので、よろしければ読んで下さい。

さて、今回『劣等職の最強賢者～底辺の【村人】から余裕で世界最強～』のテーマは、作者の中での最強主人公です。皆さんが思い浮かべる最強のキャラって何ですか？　作者は『ドラゴンボール』の孫悟空《そんごくう》でした。最強と称するかぎり、〝強く〟あらねばならない。その〝強さ〟を追い求める求道者という点で、孫悟空ほどのキャラはいない――ならば、異世界に孫悟空を呼んでしまおうということで、描いたのが本作の主人公ラセルになります。

強くなることに悪魔的にストイックなラセルが、今後現れる数々の強敵を前にして、どう無双していくのか。シリーズ化された暁《あかつき》には、楽しみにしていただければ幸いです。

最後に謝辞《しゃじ》を……。三年間、のらりくらりとしていた作者を温かく迎えていただいた担当H様。とにかく格好良い主人公を描いてくださいという作者のざっくばらんな要望に、満点回答で応えてくれた新堂《しんどう》アラタ先生。ルビの多い作品にもかかわらず、丁寧《ていねい》にルビ入れの指摘を入れていただいた校閲者様《こうえつしゃ》。三年間何の貢献もない作者を、謝恩会では温かく迎えてくれた編集部の皆様。なかなか結果の出ない作者に、叱咤激励《しったげきれい》してくれた作家の方々。この作品をWEBの頃から愛し、書籍化につなげていただだWEB読者の皆様。

そして、この作品を手に取っていただいた方に、深くお礼を申し上げます。

作者だけではなく、本当にたくさんの人の想いがあって、こうして出版することができたと思います。できれば末永くお付き合いしたいと思っておりますので、今後も応援いただければ幸いです。

続巻で会えることをお祈りしつつ、結びとさせていただきます。

延野正行のお仕事

《近著》
『ゼロスキルの料理番』（カドカワＢＯＯＫＳ）※
『アラフォー冒険者、伝説となる
～ＳＳランクの娘に強化されたらＳＳＳランクになりました～』１～２巻
（ツギクルブックス）

《小説家になろう　マイページ》
https://mypage.syosetu.com/638162/

《Ｔｗｉｔｔｅｒ》
https://twitter.com/ennyakoukou

※　ヤングエースＵＰ様でコミカライズ版が配信中です。

ダッシュエックス文庫

劣等職の最強賢者
～底辺の【村人】から余裕で世界最強～

延野正行

2019年11月27日　第1刷発行

★定価はカバーに表示してあります

発行者　北畠輝幸
発行所　株式会社　集英社
〒101−8050　東京都千代田区一ツ橋2−5−10
03(3230)6229(編集)
03(3230)6393(販売／書店専用) 03(3230)6080(読者係)
印刷所　凸版印刷株式会社

ISBN978-4-08-631335-3 C0193